大魚讀品
BIG FISH BOOKS

让日常阅读成为砍向我们内心冰封大海的斧头。

[美] 玛利亚·森普尔 ——著
傅仪嘉 ——译

今天将会不一样

Today Will Be Different

MARIA SEMPLE

中国友谊出版公司

目录

今天，一切将会不一样。今天，我将活在当下。今天，我会认真聆听每个和我交谈的人说的话，并直视他们的双眼。今天，我会跟汀宝玩桌游，会向乔求欢。今天，我会为我的容貌而骄傲。我会洗个澡，穿上比较正式的衣服。今天，我会换上瑜伽服，去上瑜伽课。今天，我不说脏话，不会谈及金钱。今天，我会更平易近人一些。我要放松我的脸部表情，平静地露出一个微笑。今天我要彻底地冷静。我会待人友善，控制自己。今天，我会买新鲜的蔬菜。今天，我会尽我最大的努力，做最好的自己。今天，一切将会不一样。

第一章　小技巧

因为其他的做法都行不通了。起床，一直到再睡觉，只是为了虚度一天，这样消磨时光的方式是可耻的，是从根本上对活着的侮辱，如同我散漫地走在雾里，如同行尸走肉一般。（这些都是我的假设，因为我也不知道我是怎么过来的。我的潜意识深埋在杂乱的心底，好像冬天深藏在地下的青蛙。）作为世界的一部分，我让它变得更糟糕了，却还对清醒的自己制造的破坏视而不见，简直是自欺欺人。

如果能坦诚地面对自己，那么上周我对存在的世界做的改变的日记总结起来是这样的：更糟了，更糟了，更好了，更糟了，差不多一样，更糟了，差不多一样。这不是一个令人骄傲的清单，但请注意，我并没有义务让这个世界变得更美好。今天，我要按希波克拉底誓言[①]来生活，遵守它的第一原则——不对世界造成任何伤害。

这应该不难吧？送汀宝去学校，上诗歌课（生活中我最喜欢的一部分），上瑜伽课，和难以忍受的悉妮·麦德逊吃午餐，至少得先

① 希波克拉底誓言：新医生执业前保证遵守医德守则的誓言。

把她从我的清单上划掉（虽然还有更多的项目），接汀宝放学，回到乔身边——这不过只是又做了很多疯狂小事的一天。

你一定很好奇，为什么这些难以忍受的小事总是围绕着一个无聊的人，成为她一天里的小问题？因为我心里住着一只野兽。如果我心中的野兽能够展现在巨大的画布上，一副吓人的样子，威风凛凛、翻天覆地地谈论着永恒，那一定很棒。如果我还能进一步自由发挥，没准我还会继续造成光荣的自我毁灭，来成全表演艺术的奇观效果，但令人悲伤的真相是，我心里的野兽只能痛苦地在小范围内展示自己。这个令人遗憾的微小范围通常只包括汀宝、我的朋友，或者乔。跟他们在一起的时候，我非常烦躁，常常被焦虑所吞噬，而我不焦虑的时候又常常感伤，脱口而出一些不成文的话。哈！你一定很庆幸自己在我的攻击范围之外，锁着门，窗户也紧闭着吧？听着，我其实是个很好的人。我的故作夸张只是为了表演。我不是真的那么可怕。

当我掀开被子的那一瞬间，一天就这么开始了。悠悠的指甲敲打在硬木地板上的声音从远处传来，然后停在了卧室门口。当乔甩开他的被子的时候，为什么悠悠不会“汪汪汪”地跟上来，望眼欲穿地等待着他呢？在紧闭的门的另一边，为什么悠悠能够分辨出起床的是我而不是乔呢？驯狗师曾经很沮丧地向我解释原因：因为悠悠只记得我的气味。这位驯狗师曾经把涅槃乐队认作是一只被冲上沙滩的死掉的海豹，这让我禁不住思考：我现在是不是应该躺回床上了？不，我不能这样。今天不行。

我并不是真的对悉妮·麦德逊有什么意见。

十年前，当我和乔刚从纽约搬来西雅图的时候，我们已经成家了。我刚刚结束了在《路珀沃什》（*Looper Wash*）累死累活的五年工作，所见之处，到处都是《路珀沃什》的 T 恤、车贴纸、鼠标垫。“我是维维安那种人。”“我是多特那种人。”你懂的。如果你不记得的话，就去最近的一美元店，在一美元两个的垃圾桶上能看到这些人物，它们已经廉价出售很久了。

乔是一个专治手病的外科医生，也是一个传奇，他治好了一位四分卫球员的手。这个球员的大拇指在一场季后赛中被折断了，所有人都认为他不能再上场了，但术后的第二年，他就上场进行比赛了，所在的球队还赢了“超级碗”奖杯。（我不记得他的名字了，就算记得我也不能说，因为有医生、患者以及怀有一颗八卦之心的妻子三方之间的保密协议。）

不管乔到了哪里，都有工作找上门，但为什么我们最后选择了西雅图呢？作为一个来自水牛城郊区的天主教好男孩，乔无法想象自己在曼哈顿那样紧张的环境里养育下一代，而曼哈顿正好是我的第一选择。他跟我做了一个交易，我们决定，先搬到任何他想住的地方住十年，然后再回纽约住十年。前十年里，随他的意愿住他喜欢的城市，接下来的十年，随我的意愿住我喜欢的城市；以此重复循环，直到死亡。（他很容易一不小心就忘了这个交易，我也许应该加上这一点，特别是看到在我们迎接随他心意的第十年的时候，我们还没有任何搬家的迹象。）

众所周知，成长的过程中，如果一个人只有一半的大脑接受了天主教的教导，那最终他还是会成为无神论者的。在某一场关于我们信仰的谈话中（没错，我们早年在一起的时候还会一起开车去费城看佩恩·吉列特和犹太教士的辩论呢！如果没有生孩子就好了……嗯，还是算了吧），乔听说西雅图是全美国受宗教信仰影响最小的城市，所以我们选择了西雅图。

一个无国界医生组织的董事会成员为我和乔举办了一个“欢迎来到西雅图”的派对。我参观了她在华盛顿湖区用各种当代艺术装饰的豪宅，还结交好多任我随意挑选的未来朋友。在大半辈子里，我都是一个备受喜欢的人。好吧，我直说了，我受很多人崇敬。我不知道为什么，虽然我的性格非常糟糕，但是大家都还挺吃我这一套的。乔说我是他见过的最有男性性格的女人，但不失性感，也不夹带多余的不必要的情绪（多棒的表扬）。我从一个房间走到另一个房间，被介绍给各种不同的女人，与她们交换着尊敬与温暖。那天是那么忙碌，以至于时不时有类似这样的情况发生：当你见到一个说喜欢露营的人，你说：“哇！我刚刚跟一个沿着斯内克河漂流了十天的人说过话呢，你们应该认识一下。”而她回答：“对，刚才那个人也是我。”

我还能说什么呢？我特别不擅长记住别人的面孔、名字、电话号码、日期，还有时间。

我对整个派对的记忆是一片模糊，只依稀记得有个女人特别急切地向我推销一个奇怪的商店，有人谈到秘密的远足，有人谈到马雷欧·巴塔利的父亲在先锋广场开的意大利餐厅，还有人给我推荐她的管家。在她们之中，悉妮·麦德逊邀请我第二天一起去国际区的罗望子树餐厅共进午餐。

（乔有一招，他称之为“杂志测试”，就是你打开邮箱看到杂志时的反应。因为你看到某本杂志的时候，马上可以知道自己是开心还是沮丧。这就是为什么我不订阅《纽约客》而订阅《美国周刊》。）悉妮·麦德逊就是一本行走的《今日耳鸣》。

在我们共进第一顿午餐时，她是那么注意自己的措辞，目光又是那么真诚。当注意到她的叉子上有点儿水渍时，她又特别诚恳地要求服务员更换一把新的叉子；她还自己带了茶包，点了不要钱的热水来泡；她说她不是特别饿，所以想跟我分享一份我的绿木瓜沙拉；她告诉我她从来没有看过《路珀沃什》，但会看看图书馆里有没有这部动画片的DVD可以借。

我的脑子里慢慢勾勒出她的清晰画像：一个紧张兮兮而又沉闷的人，一个自私而又不自知的人，一个吝啬的怪人。一点点的水渍又不会杀了你！不如把DVD买回家看吧，怎么样？点餐厅里提供的食物，这样他们才能继续营业呀！最糟糕的是，悉妮·麦德逊是那种一本正经、毫无幽默感的人，而且说……话……特……别……慢……，仿……佛……故……意……惜……字……如……金。

我被吓到了。在纽约生活久了，我有一种全世界都充满了有趣的人的错觉，哪怕是疯子，也是有趣的那一种疯子。

悉妮问我：“你需要去梳妆间吗？”我忍不住了，开始在椅子上剧烈地发抖。（梳妆间？梳妆间？她怎么还没去死？）最糟糕的是什么？是那些所有我愉快地承诺了会跟她们一起远足或购物的女人，她们都跟悉妮·麦德逊一模一样！模糊的记忆真该死！我花了所有的勇气才拒绝了她热情似火的邀请——去她在瓦雄岛上的小屋共度周末，向我介绍某人的妻子，或者某个剧作家什么的。

我跑回家向乔尖叫。

乔说：“当看到有人这么热衷于交朋友的时候，你就应该起疑心了，这很有可能是因为她没有任何朋友。”

我说：“这就是为什么我爱你，乔。你把什么都剧透了。”（乔，一个大剧透者，我们怎么能不爱他呢？）

请原谅我在悉妮·麦德逊的事上大费口舌。我想说的是：十年来，我都没有办法改变她。她是一个我不喜欢的朋友，我也不知道她靠什么维持生计，因为我第一次见她的时候不想太莽撞，所以没有问她，十年以后再问就太粗鲁了（因为我不是粗鲁的人），我也没办法尖酸刻薄地对她讲大道理（因为我不是尖酸刻薄的人），就算我不停地对她说“不，不行，别这样”，她还是会一贯追着我。她就像渐冻症一样——你没办法治愈她，你只能缓和症状。

回到今天的午餐。

你需要明白，我也知道跟一个无聊的人共进午餐是种老生常谈的麻烦。当我说我是一个麻烦的人的时候，悉妮 · 麦德逊并不是我的麻烦。

悠悠在街上奔跑，它真是贝尔镇的小王子。哦，悠悠，你真是个愚蠢的小动物，你有高昂的精神和盲目的忠诚，还有随着你跑动而上下扇动的小耳朵。连被我遛着的时候，你都是那么骄傲、那么激情澎湃，带着一颗永远被宠溺的心。如果你知道我这么爱你就好了。

这真是一个令人沮丧的景象，新的一月开始了，一座更高的公寓楼建成了，每一座都被戴着蓝色徽章的八爪鱼一样的亚马逊员工所占领。每天上午，他们都从自己的单身公寓出来，戴着蓝牙耳机，低着头，拥进街区。（他们都为亚马逊工作，所以你应该知道他们都没有良心。唯一的问题是，他们是不是还没心没肺？）当第三大道上只有我一个人，空空如也的商店里回荡着“这才是真正的美国”的嘹亮声音时，我才能真正松一口气。

在楼外，凯文站在他家带轮子的垃圾桶旁边更换垃圾袋：“两位早上好。”

“早上好，凯文！”今天，我没有跟往常一样快速逃走，而是停下来看着他说，“你今天过得怎么样？”

“哦，还可以，没什么好抱怨的。”他说，“你呢？”

“我倒是有好多可以抱怨的，但是我不会向你抱怨的。”

凯文笑了起来。

今天，我有了进步。

我打开了公寓的前门。在走廊的另一头，乔正埋头在餐桌上，他的前额几乎贴在报纸上了，手臂弯曲的角度像是犯人被逮捕时的样子。这样的画面令我非常震惊，他一副完全被打败的样子，是我最不能跟乔联系起来的一面……

"砰。"

门关上了。我把悠悠的狗绳松开。当我终于能伸直腰的时候，我闷闷不乐的丈夫已经从餐桌上跳了起来，直接消失在了他的办公室。不管发生了什么，他看起来都不想为此进行进一步的讨论。

我对此能持什么样的态度？这样最好！

悠悠像一条意大利灰狗一样，迅速地跑向它的食物，前后腿矫健地跑着。当它看到碗里只有在散步前就已经放在那里的干粮时，它感到巨大的迷惑和辜负。它往后退了一步，盯着地上的一个点。

汀宝的房间亮了起来。上帝保佑他，他在闹钟响前就起床了。我走进他的浴室，看见他穿着睡衣，踩在垫高的脚凳上。

"早上好，亲爱的，这么早就醒了。"

汀宝停止了他的动作："我们能不能吃培根？"

镜子里的汀宝看起来在等着我离开。我眼睛往下看，这个小小快枪手麦格罗[1]迅速吸引了我的目光：在我发现之前，他把一个东西推进了水槽里。如果我没有听错的话，是清脆的塑料声音。我的丝芙兰200！

这不能怪别人，一切都是我的错。圣诞老人在汀宝的长筒袜里放了一套化妆品。我在百货公司为自己赢得额外的逛街时间的办法就是：让汀宝去逛化妆品店。化妆品店的女店员喜欢他自然散发的温柔、糖袋一样可爱的身体，还有他咿咿呀呀的声音。不用多久，她们就开始给他化妆了。我不知道他对化妆品的喜爱比不比得上被一群金发女郎围着他咯咯笑。有一次，我拿起了一个一本书大小的化妆盒——它能同时展示六个不同的扇形化妆托盘，里面有两百种颜色的眼影、高光、腮红，以及其他功能的色盘。不管是谁发明了能收纳这么多东西的小盒子，他都应该去为美国航天局工作。

“你应该知道你不能化妆上学吧？”我对他说。

“我知道，妈妈。”刚刚还像迪士尼频道一样阳光可爱的他，一瞬间就像转了台般叹气耸肩。我再重中一次，这个奇怪的习惯在他身上生根发芽都是我的错。今天放学以后，我要跟他一起玩拼字游戏！

我从汀宝的房间出来时，悠悠还在焦虑地站着，看到我还在，它松了一口气，然后颤动起来。它知道我要去厨房做早餐，于是把

① 动画片里的人物，一匹打扮成牛仔模样的马。

我带到它的碗边。这一次，它用一只眼睛向我使眼色，乞求我让它多吃一点儿。

乔回到了厨房，给自己泡了杯茶。

“一切怎么样啊？”我说。

“你看起来可真美。”他说。

我忠于今天的大计划，一早就洗了澡，换上了裙子和牛津鞋。如果你见过我的衣柜，你就能看出我是一个风格非常固定的女人：法国和比利时品牌的裙子，价格标签在我到家之前就已经撕下来了，因为乔看到价格以后可能会爆发，而每一双重复买的黑色平底鞋都有可能……不过，价格并不是我们必须讨论的事情。买吗？买。穿吗？大多数时候，要穿上这些太费精力了。

“奥利维娅今天晚上要来。”我眨了眨眼睛，心里已经提前开始品尝塔沃拉塔[①]的红酒和意大利面的味道了。

“让她带汀宝出去玩，我们可以单独相处，怎么样？”乔一把揽住我的腰，仿佛我们还没有五十岁一样。

女人应该在生完孩子之后就停止做爱。她们对此并没有进化性的需要，我们的大脑很清楚地知道这一点，我们的身体也很清楚地知道这一点。

如果我不想被一个年轻女人取代妻子的地位，我必须假装性感。

“那我们就留在家独处吧。”我对乔说。

① 西雅图的意大利餐厅。

“妈妈，这个坏了。”汀宝带着他的尤克里里跑进来，扔在了柜子上，那里离垃圾桶很近，“这个声音完全不对了。”

“你想让我们做什么呢？”我问他，想让他大胆地说，买个新的吧。

乔抓过了尤克里里，弹了一下：“就是有点儿走调了，仅此而已。”他开始调弦。

“嘿，”我说，“你什么时候会调尤克里里的弦了？”

“我是一个充满秘密的男人。”乔说，并弹了甜美的一声。

汀宝正在狼吞虎咽地吃着培根和法式吐司，喝着果汁，沉迷于漫画 *Archie Double Digest*。我的笑容停在了那里。

两年前，我还在因每天早上都要起床做早餐而愤恨的时候，乔说：“我都在为马戏团付钱了，你就不能从你高贵的十字架上爬下来，不要每天做早餐都唉声叹气的好吗？”

我知道你在想什么。他真是个浑蛋，真是个性别歧视的暴君！但是他说得有道理。为了能拥有塞满一整个衣柜的安特卫普[①]裙子，很多女人会快乐地嫁给一个糟糕的男人。从那个时刻起，我做的早餐都附加上了微笑服务。这就是自知之明。

乔给汀宝看报纸：“弹球博览会又要来镇上了，你想去吗？”

“你觉得那个亲亲机器会不会还是坏的呢？”

① 比利时时装品牌。

8:30
Thursday
Lola, Oct. 8th

Skunk Hour

By Robert Lowell

(For Elizabeth Bishop)

Nautilus Island's hermit
heiress still lives through winter in her Spartan cottage;
her sheep still graze above the sea.
Her son's a bishop. Her farmer
is first selectman in our village;
she's in her dotage.

showing or characterized by austerity Ancient Sparta

HER

Thirsting for
the hierarchic privacy
of Queen Victoria's century,
she buys up all
the eyesores facing her shore,
and lets them fall.

impressions of a sea village after summer — heading into winter

The season's ill—
we've lost our summer millionaire,
who seemed to leap from an L. L. Bean
catalogue. His nine-knot yawl
was auctioned off to lobstermen.
A red fox stain covers Blue Hill.

OUR

And now our fairy
decorator brightens his shop for fall:
his fishnet's filled with orange cork,
orange, his cobbler's bench and awl;
there is no money in his work,
he'd rather marry.

tool for piercing holes in leather

One dark night,
my Tudor Ford climbed the hill's skull;
I watched for love-cars. Lights turned down,
they lay together, hull to hull,
where the graveyard shelves on the town. . . .
My mind's not right.

MY

A car radio bleats,
"Love, O careless Love. . . ." I hear
my ill-spirit sob in each blood cell,
as if my hand were at its throat. . . .
I myself am hell;
nobody's here—

!!

* only skunks, that search
in the moonlight for a bite to eat.
They march on their soles up Main Street:
white stripes, moonstruck eyes' red fire
under the chalk-dry and spar spire
of the Trinitarian Church.

thick strong pole used for a mast

I stand on top
of our back steps and breathe the rich air—
a mother skunk with her column of kittens swills the garbage pail
She jabs her wedge-head in a cup
of sour cream, drops her ostrich tail,
and will not scare.

military formation

I → OUR ?

“我几乎肯定它还是坏的。”乔说。

我给他们递上了一张我打印的带着大量标注的诗歌。

“好，谁要来帮我？”我问。

汀宝没有抬头。

乔接过了我的纸：“哦，罗伯特·洛威尔[①]的诗呀。”

我开始背诵：“‘Nautilus Island’s hermit heiress still lives through winter in her Spartan cottage; her sheep still graze above the sea. Her son’s a bishop. Her farmer’s first selectman’——”

“‘Her farmer is first selectman.’”乔说。

“对不起！‘Her farmer is first selectman.’”

“妈妈！”

我示意让汀宝安静，继续背诵：“‘…in our village; she’s in her dotage. Thirsting for the hierarchic privacy of Queen Victoria’s century, she buys up all the eyesores facing her shore, and lets them fall. The season’s ill— we’ve lost our summer millionaire, who seemed to leap from an L. L. Bean catalogue’——”

“妈妈，你看悠悠，你看到它的下巴靠着它的小爪子了吗？”

悠悠坐在它粉红色的宝座上，正好可以看到我们不小心从餐桌上掉下的食物，它的白色小爪子可以轻轻地将这些食物扒过去。

“好萌啊！”我说。

---

① 美国诗人。

“我可以玩你的手机吗？”汀宝问。

“好好跟你的宠物玩。”我说，“不一定有电的东西才是好玩的。”

“妈妈说得很对。”乔对汀宝说，“不要停止学习。”

“他边学也边忘啊。”我对乔说，“但是谢谢你。”

他隔空给了我一个飞吻。

我继续背：“‘His nine-knot yawl was auctioned off to lobstermen’——”

“我们不爱悠悠吗？”汀宝问。

“我们当然爱它。”这是很简单的一个事实。在我心里，悠悠是世界上最可爱的狗，它有波士顿梗犬、斗牛犬和其他某种什么犬的血统……白色和棕色相间的毛色，一只眼有黑色的像眼罩一样的斑块，蝙蝠一样的耳朵，扁扁的脸，卷卷的尾巴。在我们这一片居民区被亚马逊占领之前，当只有我和妓女站在街上时，其中一个妓女评论我们：“这画面看起来好像是芭比娃娃在遛斗牛犬。”

“爸爸，”汀宝说，“难道你不爱悠悠吗？”

乔看着悠悠思考着这个问题。他在说话前总是先思考，这证明了他比我优秀。

“它有点儿奇怪。”乔说着，把注意力回到了诗歌上来。

汀宝吓得丢掉了他的叉子，我吓得下巴都要掉下来了。

“奇怪？”汀宝哭了起来。

乔抬起头：“对啊，怎么了？”

“爸爸！你怎么能这么说它？”

“它整天坐着，看起来闷闷不乐嘛。”乔说，“我们回家的时候，它也不在门口迎接我们；我们在家的时候，它也整天睡觉，等着食物掉下来，或者像有偏头痛一样歪着头盯着前门。”

我和汀宝都无语了。

“我知道它想从我们身上得到什么。”乔说，“我只是不知道我们能从它身上得到什么。”

汀宝从他的椅子上跳起来，靠在悠悠身上，给了它一个汀宝式的拥抱：“哦，悠悠，我爱你。”

“继续背呀。”乔翻着诗，“你做得很好，‘The season’s ill’……”

“‘The season’s ill,’”我接着背，“‘We’ve lost our summer millionaire, who seemed to leap from an L. L. Bean catalogue’——”我转向汀宝，“你，准备好该上学了。”

“你会载我到学校门口，还是你要带我进学校？”

“我载你到门口，我八点半要见阿隆佐。”

吃完早餐后，悠悠从它的枕头上站了起来。乔和我看着它走向前门，并一直盯着门。

“我没有意识到我的想法会这么具有争议性。”乔说，“‘The season’s ill.’”

要是想分辨出谁是在天主教学校长大的，只要看他们开车上安妮女王山的时候路过盖勒街学校时的目光，就可以很容易地分辨出来。我没有上过天主教学校，所以对我来说，那就是一座庄严的由砖墙砌成的建筑，有一个巨大的院子，占据着能看到普吉特海湾景色的绝佳位置。乔上过天主教学校，所以每当想起修女用戒尺打他的手，牧师用上帝的愤怒来威胁他，还有抢他眼镜的恶霸在学校的走廊里大摇大摆地走过的时候，他都经常一阵恶心。

当我们准备送汀宝上学的时候，我已经背了两遍这首诗，并开始背第三遍了。背诗纯粹是为了增加我的个人魅力："'One dark nigh, my Tudor Ford climbed the hill's skull.' 等等，这对吗？"

后座上的汀宝沉默着。"嘿，"我说，"你还在听吗？"

"我在听，妈妈，你背得完美。"

"是'真完美'，这里的'完美'是副词。"后视镜里看不到汀宝，但我猜到了——他正蜷缩在什么东西上，"你在干吗？"

"没事。"接着，那个塑料掉落的声音又出现了。

"嘿！我说了你不能化妆上学！"

"那为什么圣诞老人要把它放在我的袜子里？"

当我回头的时候，汀宝已经蹦蹦跳跳地走在车前面。我看到汀宝的眼皮上涂抹着红色的眼影。我放下车窗，喊道："你个小滑头，快回来！"

我身后的车子在鸣笛抗议。好吧，他现在是学校的麻烦了。

我从盖勒街出来。从现在开始，我有七个小时可以不受到孩子打扰，快切换到班卓琴弹奏的逃跑音乐。

"'I myself am hell; nobody's here—only skunks, that search in the moonlight for a bite to eat. They march on their soles up Main Street: white stripes, moonstruck eyes' red fire under the chalk-dry and spar spire of the Trinitarian Church. I stand on top of our back steps and breathe the rich air—a mother skunk with her column of kittens swills the garbage pail. She jabs her wedge-head in a cup of sour cream, drops her ostrich tail, and will not scare.'"

我一字不差地背诵了出来。

阿隆佐伸出了手："恭喜你。"

你还记得你刚开始怀孕的时候，脑子是怎么慢慢变成一团糨糊的吗？你充满好奇和阴谋论般地大笑，然后大脑开始搅动。"我和我的孕期大脑是最好的朋友！"你把孩子生了下来，结果你孕期的大脑却回不来了。你开始哺乳，又开始大笑，仿佛自己是私密俱乐部的会员一般得意。"我和我的哺乳大脑是最好的朋友！"你停止了哺乳，可怕的事情发生了：你优秀的大脑永远地消失了。你把自己的词汇量、清晰的脑袋和美丽的回忆都传递给了下一代，自己踏上了糊涂的母亲之路。当你说了一半的话时，你已经想到接下来要怎么说，在结尾的时候需要用到某个特定的词，你却很担心自己想不起那个词，但是因为你已经下定决心要用那个词了，所以匆匆忙忙地组织语言，然后你被迫停了下来。因为话已经说完了，但是你还是想不起来那个词。这样的经历，你还记得吗？通常，你想的还不是那些罕见的词，比如说“神学论证法”或者“对口的黑话”，你想用的不过是那些极其普通的词，比如说“真独特”这样的词语，最终你说出口的却是“真好”。

然后你就成了那群人中的一员，那群不论碰到什么事情都用“真好”来形容的人。

这让我非常失望。我本来要写一本回忆录，没错，我的回忆录大部分都是用插图来展示的，这没有什么问题，文字只是用来说明的。这样的书，我不能用我惯用的胡扯手段来写。卖书赚钱才是正经事，但是因为上面提到的坏脑袋，我的书怕是卖不成了。

于是，我有这样的一个想法：通过背诵诗歌来磨炼我的大脑。我母亲以前经常在睡前背诵莎士比亚的独白，这真好啊！（你看！又是“真好啊”。如果我的脑子不是像糨糊一样，我应该会说：“这是证明我母亲非常规矩、受过良好教育的证据，也许也预示了她的悲惨命运。”）因此，我做了每个人都会做的事：我拿起电话，打给华盛顿大学，要求跟他们最好的诗歌老师通话。

过去的一年里，我每周四上午都跟阿隆佐·闰约在罗拉上私人诗歌课程。他给我布置一首诗，我背给他听，然后接下来的谈话就按着可能的方向进行。我付他五十美元和早餐的钱——阿隆佐会为我买早餐。因为我的坚持和他对诗歌的热爱，他用一个诗人的优雅接受了我的买单。

“你觉得这首诗怎么样？”阿隆佐问。

他是一个大个子，比我年轻，在他和蔼可亲的脸上顶着一头黑色的扫把头。他总是穿着西装，夏天穿亚麻布料的，冬天穿羊毛的，今天则穿着有光泽的巧克力色的西装，一定是古旧的二手货，里面是一件羊皮纸颜色的衬衫。他打着丝质的领带，口袋里的方巾像淀粉一样白。（乔的母亲曾经让乔小时候穿西装打领带去看牙医，是为了展示对牙医职业的尊重。小小的乔西装革履地躺在牙医的椅子上，我们怎么可能不爱他呢？）

“我们可以先谈谈诗歌里到底发生了什么事吗？”我问阿隆佐，“这个在学术上是怎么说的？离散事件？”

“辨析场合。”

“辨析场合！”我说，“这最好是你的自传的标题。”

“那么我更喜欢用‘离散事件’。”

我打开我满是疯言疯语标记的诗歌，开始谈话：“这首诗开场描绘了一个隐士继承人居住在一个全年夏日环绕的岛屿上。在我的想象里，那里应该是缅因州。”

阿隆佐点点头，同意这是一个可能性。

“她的农夫，”我说，“这可能是她的丈夫吗？”

“这更可能是她雇来为她耕作土地的农民。”

“就好像你是我的诗人一样。”我说。

“就好像我是你的诗人一样。”

“然后这里用了很多橙色，”我说，“但是也有红色，蓝山正在变成狐狸红，红色后来又在血细胞和臭鼬眼睛里展现。天哪，难道你不为仙女装饰师心碎吗？难道你不想去他的商店买点儿东西吗？难道你不想撮合他和隐士继承人吗？”

“现在你这么说，倒是挺有那么一回事呢。”阿隆佐笑着说。

“接着，诗走出了阴暗的一面。他一直用‘我们’自称，然后突然开始用‘我’。他在指诗人还是描述者？”

“描述者。”阿隆佐说。

“描述者出现了。当一首诗露出它的鳄鱼尾巴，说‘我的心智不正’的时候，还真是一个很惊奇的地方呢。”

“你对罗伯特·洛威尔有什么了解？”阿隆佐问。

“我只知道你跟我说的那些。”

我们的早餐上来了。阿隆佐总是点汤姆的招牌大份早餐，里面有章鱼和培根。我总是点炒蛋白配水果。天哪，我真是存心让自己抑郁。

“我可以吃你的培根吗？”我说。

“罗伯特·洛威尔生来是波士顿绅士派文人。”阿隆佐一边说，一边把厚培根放在蘸酱的碟子上给我，“他的一生都与精神疾病做斗争，在精神病院里进进出出。”

“哦！”我突然有了个主意，招手唤来了服务员，“你们这里有卖饼干、薄荷糖和大蒜酱，对吧？你们能不能给我做个礼品篮？”

这是给悉妮·麦德逊的。另一个问题是她总是给我带小礼物。今天会不一样，我也给她带一个小礼物。

阿隆佐继续说：“约翰·贝里曼建议他用‘臭鼬时刻’作为标题，

尽管那时这首诗里还没有‘我’……”

“这首诗里的‘我’？”我笑了起来，“我们是朋友，你可以说这是罗伯特·洛威尔。”

“当‘罗伯特·洛威尔’认识到因为抑郁来袭，可能导致他住院。约翰·贝里曼称这首诗为‘紧张的视角看到冻结的恐慌’。”

“‘我自己就是地狱，而没有人在这里，只有臭鼬。’”我突然想起了什么，“‘只有’，我们之前谈到的另外一首诗也用了‘只有’。”

阿隆佐皱起了眉头。

“《多佛的海滩》！”我几乎是喊出来的。我怎么会记得这首诗？我平时可是连现在是哪一年都记不住的，“‘来到窗前，甜美的夜晚空气！“只有”从长长的气味中……’这也是这首诗转折的地方。”

阿隆佐指着我打印出来的诗说：“我可以看一下吗？”

“请。”

他撕下了一个角，写上了“只有”。

“看来我成就了这一页，”我说，“你会把这个词用在你自己的诗里吗？”

阿隆佐神秘地扬起了一边的眉毛，拿出他塞满了类似小纸条的钱包。在一沓信用卡中，一个带着白色方块字蓝色条纹的卡片吸引了我的注意——

“嘿，”我下意识地脱口而出，“你为什么有路易斯安那州的驾照？”

“那是我长大的地方。”阿隆佐把驾照递过来，上面的照片是他留长发的时候，“新奥尔良。”

这简直是对我出其不意的一击。

“你还好吗？”阿隆佐问。

“我没去过路易斯安那州。”这些词从我的嘴里说出来，既没有回答他的问题，也是一个谎言，现在我得说点儿实话，“我在新奥尔良没有认识的人。”

听着自己说出新奥尔良，我的叉子已经从我的手里滑进了我的早餐盘子里。

服务员带着车座大小的礼品篮过来了。“有人今天会很开心哦！”她说，“或者会很生气。你们还需要什么吗？”

“我很好，不用了。”阿隆佐说。

“我也很好。”为了证明我的观点，我从炒蛋里拿起叉子，蔑视地一舔。

服务员转身踩着她的高跟鞋走开了。

“我有一个关于这首诗的问题。”我拿过诗来，不管现在做什么，都要把这个上午扳回正轨，“桅杆的尖，这个可能是教堂的塔尖吗？”

“桅杆是船上用的，”他说，“所以可能……”

我的手机响了，是盖勒街学校打来的。

“没办法了。”我说着，接起了电话。

“您是埃莉诺吗？我是盖勒街学校的莱拉。没有什么大事情，就是汀宝的肚子有点儿疼。”

这已经是过去两周里我第三次要提前接他回家了，三次都不是什么大事情。“他发烧了吗？”

“没有，但是他在办公室里躺着，看起来很痛苦……”

“请告诉他，不要再装病了，回去上课。”

“哦。”莱拉说，“但他要是真的病了……”

“所以我说——”不，不能争吵，“好吧，我一会儿就到。”我从卡座里站起来，“这个调皮的孩子，我一会儿要好好教训他。”

我向阿隆佐道别，拿着礼品篮走了。推开餐厅门的时候，我回头看了一眼，上帝保佑，看起来阿隆佐比我更沉迷于这堂突然被打断的诗歌课。

我在那些粗壮的柱子之间走上台阶，进入了盖勒街学校那令人瞩目的大厅。这里光线不足，弥漫着如教堂里一般的凉爽空气。墙上挂着镶框的照片，讲述了这幢楼的故事——从一群淘气女孩的家，变成单亲家庭的住宅，又变成今天昂贵的私立学校。

我来补充一些关于修复盖勒街学校的这座主建筑的背景。这种铺陈的木地板要追溯到一九〇六年，因为直线延伸出去是大门，窄道延伸出去是小道，没有几个人能发现这里的木地板；为了完成复杂的石膏雕塑，他们打造了一百五十个橡胶模具；来自科罗拉多州的雪花石被切成纸一样的薄片；这些用来教导孩子们如何祈祷的神圣马赛克瓷砖，是由一位来自意大利拉韦纳的七十岁工匠做的。二〇一二年，建筑的修复工作开始，当时最大的谜团是关于一盏在早先的照片中出现的黄铜装饰风的吊灯。这盏灯被一群除黑莓藤蔓的工人在地下室里发现。

我怎么会知道这些？在我进门的时候，主管整个修复工程的那位时尚建筑师正好在带人参观。

在我去教务处办公室的路上，一个声音响了起来："埃莉诺！"

我转过头。在过去的一个月里，会议室已经变成竞拍中心，家长、志愿者走来走去。

"你正是我们需要的人！"这位年轻的妈妈说。

"我？"我指着自己，一脸疑惑。

"没错，你！"另一个年轻的妈妈也说道，仿佛这里只有我像一只傻鹅一样站着，"我们有个问题。"

当我从大学毕业的时候，我从来没想过没有工作也可以是一个选择。女人上大学，不就是为了能在日后找到工作吗？找到一份工作，在岗位上好好干，感激领导，一直到我们察觉到时间的流逝，然后发了疯一样跌跌撞撞地怀孕。我差一点儿就成了高龄产妇（这当然也要归功于乔天主教的背景，作为家里七个孩子中的老大，这辈子已经换了足够多的尿布，所以他一点儿也不着急）。我生了小汀宝，从此加入了瘟疫一样无可避免的四十岁的憔悴女人帮，被困在操场边上，一不小心就坐在了瓢虫上，毫无知觉地往嘴里倒一盒又一盒的芝士麦片。分娩的两年后，我还穿着孕妇牛仔裤，顶着头发的中分线上长着像臭鼬的条纹似的白头发，推着秋千。（谁需要美貌？我们有小孩！）

是不是正是我们如此可怕，才导致了我们接下来的一整代受过大学教育的女性都在宣布：“我们只要不像她们这样就行！”然后一起放弃了追求事业，都在二十来岁选择了生孩子？看着盖勒街的妈妈们，答案显然是这样的。

我希望这样的人生适合她们。

我走进装着巨大倾斜窗户的会议室，从那里可以俯视操场和艾略特湾。一张巨大的会议桌（建筑师说这是从一棵本应该用于建造这幢楼房的枫树中心切割下来制成的，或者是什么其他流行的说法）上堆满了文件箱和数不清的马尼拉文件夹。我在堆到有屁股那么高的、挂着像舌头一样红的盖勒街 T 恤的纸箱中匍匐前进，空气中弥漫着追求高效率和明确目标的气味。

“你去哪里了？你在哪里？你在哪里？”那位年轻的妈妈嘟囔着。

“我这不是来了吗？”我说。

“你需要找到项目的序列号，然后跟他们的名字交叉比较。”另一个年轻的妈妈说。

我去过日本一次，我们那时候的导游说，所有的美国人看起来都差不多。我心想，噢，你们这么说我们是因为我们也觉得所有的日本人看起来都差不多，但是现在看到这些年轻气盛、脸上散发着光彩的妈妈的浩大阵势，我突然想到富美子的话也许不只是逗我玩的。

“你还好吗？”第一个年轻妈妈说。

一个年轻爸爸（总要有一个爸爸的吧）举起了一个文件夹：“成功属于我！”

“你赢了一杯拿铁，你赢了一杯拿铁。”一个年轻妈妈唱着回话，我已经分不清是第一个、第二个、第三个还是第四个年轻妈妈了。

把这些家长关在一个房间里，让他们做不受监督的文书工作，他们就像印第安纳赌场广告里那些发了疯的赢家一样着迷。

“你捐了一张手绘的竞拍赢家的肖像画，是《路珀沃什》那种风格的。”终于有一个人意识到了我的存在。

“那是你捐的？”另一个人问道。

所有人像鸵鸟一样停了下来，都把目光转向我。

“我听说你也是上这所学校的？”一个人说，她把我带入了对话。

“汀宝的妈妈。”另一个人说，她是个专家。

西雅图是一个没有多少名人光环的城市。作为一个已经过气的漫画家和一个海鹰队[①]的驻队医生，我和乔就成了盖勒街版的维多利亚和贝克汉姆。

---

① 西雅图的美式橄榄球球队。

“我叫维维安。”一个人说。

“你真是无处不在啊。”另一个人补充道。

“你现在在做什么呢？”一个人从人群中走出来问道。

“我正在写回忆录。”我说，这时候我的脸颊奇怪地发烫了，“一个漫画回忆录。”虽然不关他们什么事，我还是继续说，“我已经在谈出版商等事项了。”

这些“鸵鸟”不可思议地笑了起来。

在桌子上有一串钥匙，每个钥匙的顶端都有一块用颜色区别的橡皮。在我的生活中，我本可以买一百个这种该死的小玩意儿，但我从来没有买过，毕竟谁能把这些标签都归类好，而指甲却还完好无损？在钥匙串上，一圈整齐的条形码标签散成伞形——瑜伽中心、芭蕾教室、单车课……为了显示个性，拥有这串钥匙的妈妈还系了一个有她孩子名字的挂绳。

我转过头，那个孩子叫什么名字？

黛——尔——菲——恩。

我愣在那里。

“哟呵！”一位年轻的妈妈喊着。

“你这里忘记写美元标志了，要标出它的价值。”另一个人说。

“什么价值？”我说，让自己的思绪回到现实。

“你的竞品，”另一个人说，“这是为了算税。”

“噢——我说不好怎么算价值。”

“我们总得写上点儿什么。”第一个年轻的妈妈说。

“这只是我花了几个小时画的作品。”我的呼吸又沉了下来。为什么要让我看见这串该死的钥匙？

“你的时间值多少钱？”这时年轻的爸爸出来了，争夺他的掌控权。

“真的要这么算吗？”我说，“按小时算？”

他是指我躺在床上发誓要改变自己的几个小时吗？是花在买各种买完就扔在袋子里不拿出来用的收纳盒的几个小时？是用来研究搜索哪些心灵课程，打算去报名，将车停在艺术画廊或者瑜伽工作室的外面看着其他善良的学生进门的时候，就开始紧张兮兮从而退缩的几个小时？还是用来计划全家人晚餐，结果每个人却蜷缩在自己的屏幕前，各吃各的饭的几个小时？那些积累了太多羞耻的时间，我都没有任何借口可以用。

如果是这样算时间的话，啊啊啊……

一年级的学生已经穿过草坪，戴着五颜六色的用纸糊成的花蝴蝶翅膀。年轻的父母转过去背对着我，沉浸在他们的孩子散发出的率真和喜悦当中，房间里的能量一下子从欢乐的交际场合转变成肃然起敬的氛围。这些年轻父母所做的所有痛苦的选择——要不要工作，要不要这么年轻就结婚，还是继续寻找更适合的另一半，现在就生孩子还是先看看时间——都将把他们引向更艰难的选择，有一些选择将带来遗憾、不眠之夜、指责，与他们的伴侣的争吵，以及绝望地打给医生要求服安眠药。这种“紧张的视角看到冻结的恐慌”——诗人就是这么总结这些关于存在疑惑的时刻的。虽然很难确定是哪一种情况，但是现在看到他们的孩子，在这一刻，这些家长从互相微笑的牙缝中都知道，他们所做的选择是对的。

所以，随着一声恰到好处的咳嗽，我抓起某个年轻妈妈所拥有的这串钥匙，放进我的包里，溜了出去。

没错，我偷了它。

汀宝躺在办公室角落的一张小床上，看着自己历练出来的演技，特别满意。

“起床。”我说，“我受够了你这些狗屎表演。”

不好的一面，我说了脏话；好的一面，这句话非常不必要而且难听，以至于莱拉和其他教务人员都假装没听见。汀宝的脸一下子暗了，跟着我走了出来。

我一直忍到我们站在了车边：“我们现在直接去看医生，你最好祈祷你真的有什么严重的病。”

“我们不能回家吗？”

“所以你可以在家喝姜汁啤酒，看《神秘博士》？不行。我拒绝再为你的假装肚子痛做出任何奖励。我们去看医生，然后直接回学校。”我侧身靠近他，“我知道，现在你是时候应该挨一针了。”

“你真可恶。”

我们上了车。

“这是什么？”汀宝瞪着他的大眼睛看着礼品篮问道。

“不是给你的，别把你的爪子伸向它。”

汀宝开始哭了：“你因为我生病而生气了。”

我在一阵沉默中把车开到了小儿诊所。我生汀宝的气，又因为生汀宝的气而生自己的气。汀宝小声地说：“我爱你，妈咪。”

“我也爱你。”

“汀宝？”护士叫道，“这真是个可爱的名字。”

“我是苹果手机起的名字噢。”汀宝含着体温计说。

“是我起的名字。”我说。

“不是。”汀宝瞪着我。

“是我。”我瞪了回去。

当我怀孕的时候，我们就知道是个男孩，乔和我来来回回地选名字。有一天，我打算打出“提莫西”的时候，手机自动更正拼写为“汀宝”。这种天意，我们怎么能不顺从呢？

护士拿出体温计说：“体温正常。医生一会儿就来。”

“你干得真好。”等护士走后，我说，“真是会让我难堪啊。”

“是真的。”汀宝说，“为什么苹果手机会把一个正常的名字自动更正为一个没有人听说过的名字呢？”

“那是程序错误，”我说，“那是第一代苹果手机——哦，天哪！”我刚刚意识到，“我觉得我冒犯了阿隆佐。”

“怎么？”汀宝看起来乖巧无比，但我知道他只是想骗我上当。

“没什么。”我说。

我想到阿隆佐离开餐厅时的表情，也许他并不是因为我要离开而伤心，而是因为我称他为“我的诗人”而被冒犯了。

汀宝从桌子上跳了下来，打开了门。

“你要去哪儿？”

“去拿本杂志。”他顺手将门关上了。

我的手机响了。乔伊斯·普里姆，十点十五分。我关了闹铃，盯着名字出神。

你们知道我的名字是从《路珀沃什》开始的。没错，我负责给这个节目带来复古的暴力和果汁颜色一样的缤纷美学。（长久以来，我一直痴迷于非主流艺术家亨利·达尔格。幸运的我在他的作品还不是天价的时候拥有了一幅。）我甚至可以承认，在试播集里，四位女主角刚开始呈现在画面上时都是那么平庸而无聊。只有当我给她们穿上二十世纪六十年代的便服，给她们设计出乱糟糟的发型，以及只是为了好玩，把她们放上无聊的小马的时候，我们的写手维奥莉特·派瑞才理解到这个节目应该怎么成型。她做了一个很大的调整和改写，将强烈的右翼个性赋予到这些女主角身上，将她们转化成传说中的“路珀四喜”，将她们对青春期无意识的恐惧转换为对嬉皮士、纯种狗主人、叫史蒂夫的婴儿的憎恨。话虽这么说，但是《路珀沃什》不是属于我的个人秀，没有人听说过埃莉诺·弗拉德。

我曾经半工作、半破产地生活在纽约。因为我画过的一本儿童绘本抓住了维奥莉特的目光，并让她勇敢地下了一个赌注，让我成为她的动画导演。我进入电视圈了解到的第一件事情就是：所有的事情都围绕截止日期运转。还没有准备好播放的剧集？绝对不能发生，一次也不行。平凡的角度，不对的手势，唇形和对白对不上，眼睛看起来好像还没睁开，背景过度循环利用，外国动画师拼错了标志上的字，颜色错误……哦，这些事都发生了太多次。但就算最懒惰、最疯狂的动画导演也不会做出让节目发生来不及播出的举动。

从其他方面来说，出版漫画……

虽然我还只是一个无名小卒，但我的风格能被立刻认出来。有那么一段时间，《路珀沃什》无处不在。一位正在冉冉升起的明星编辑乔伊斯·普里姆（没错，乔伊斯·普里姆，把她的名字多圈几遍，以表示对她的疯狂程度）看到了我的关于我童年的一些画，并让我将其进一步发展成我的回忆录。

而现在，关于交稿这件事，已经有一点儿超过我的截止日期了。

在很长的一段时间里，我没有听到任何乔伊斯的打探，但是在过去的一周里，她天天给我打电话。

电话铃响了，她的语音留言加入到其他的语音留言中。

乔伊斯·普里姆

乔伊斯·普里姆

乔伊斯·普里姆

乔伊斯·普里姆

名字上都有一个小小的蓝色的点，表示有新的留言，但我一个都不敢听。

汀宝带着一本《人物》杂志回来。封面上是一个我不认识的人，肯定是个真人秀明星。

“他们应该改个名字，叫《这些人物是谁？》。”我说。

“我听说过他。”汀宝说，他代那些名人感到受伤。

“这更令人难过了。”我说。

“敲敲门！”那是儿科医生萨巴，她的性情比护士还温和。

“汀宝，”她一边说一边给自己的手消毒，“我听说你肚子痛。”

“这是两周内，我第三次不得不去学校接他——”

“我们来听听汀宝怎么说。”医生带着谅解的微笑说。

汀宝开始发言：“我肚子痛。”

“是不是一直痛呢？”萨巴医生问，“还是有时候痛一下？”

“有时候痛。”

“你现在上三年级了吗？”

“对。”

“你读的是什么学校？”

“盖勒街。”

“你喜欢学校吗？”

“还行吧。”

“你在学校有朋友吗？”

“还行吧。”

“你喜欢你的老师吗？”

“还行吧。”

“汀宝，”萨巴医生坐着转椅转开身，“有的时候，人们肚子痛，不是因为他们肚子里有虫，而是因为他们的情绪让他们觉得很不舒服。”

汀宝的眼睛还是垂着的。

“我想知道，是不是在学校或者在家里，有什么事情让你觉得不舒服呢？”

能问出来算你好运，我想。汀宝绝对是拒绝回答问题之王。

“是派珀。”

“派珀是谁呀？”医生说。

“是班上新来的一个女孩。”

派珀一家刚结束一年环游世界的旅行。难道大家都不觉得这种旅游方式一点儿也不精致，而且又非常烦人吗？一家人在全世界到处旅行，将自己沉浸于外国文化中，疯狂地给你发邮件，请你在他们孩子的博客下评论，这才不会让他们觉得没有人理他们。（拜托，《纽约时报》，我真的必须提到那些你最常发邮件逼我读的文章。）

“派珀怎么啦？”萨巴医生问。

“她欺负我。”汀宝说，声音有点儿颤抖。

我的生活一下子聚焦到了一个很糟糕的焦点上。

在这里，在汀宝身上。

这个温柔的、熟知明星八卦的、与《美女与野兽》里的加斯顿十分相似的汀宝。汀宝是不是同性恋？我当然也想过这个问题。但是他也玩益智电路板，看《流言终结者》①，痴迷于自动扶梯。那是不是他对被一个诺德斯特龙百货里的女店员所宠爱的巴甫洛夫②式的回应？母亲总会知道的。或者，就我而言，母亲将无条件爱他，不管他性取向如何。

这已经超过了我能对盖勒街学校说的。

我们第一次去盖勒街学校面试，是直接从诺德斯特龙去的，那里的女店员已经悄悄地给汀宝涂了不起眼的睫毛膏，让他看起来更可爱。天哪！当他走进会议室的时候，我几乎能听到招生官大喊："天哪！我们学校来了个跨性别者！"乔和我那天晚上在床上因此笑了好久。自此之后，我们就接受了学校的自作主张，他们还没告知我们，就把男生、女生的厕所都改成了不分性别的。"希望你们不是因为汀宝才这么麻烦的。"我跟校长盖尔说。"哦，不是的。"她说，"我们是为我们所有的性别酷儿学生做的。"

① 美国的科普电视节目，在探索频道播出。由特效专家亚当·萨维奇和杰米·海纳曼主持，他们利用自身的专业和技巧，针对各种广为流传的谣言和都市传奇进行实验。

② 条件反射。

对此，我只能有一个回应：笑掉大牙。但是至少我还很理智，得等到了外面才开始放声大笑。

我是不是在否认呢？我是不是不应该用自满来面对盖勒街学校这种热切接纳一切的行为？单单因为教务人员对偶尔出现的粉红指甲都非常宽容，并不能说明操场上的孩子们……

“你跟妈妈谈过派珀的事情吗？”萨巴医生问。

“没有。”汀宝说。

萨巴医生没有向我投来失望的眼光，但我可以感觉到那种目光从她的颅骨后渗透出来。

“你跟你的老师说过吗？”

“没有。”

“派珀对你做了什么样的事情？”

“我不知道。”汀宝说。

“她有没有弄疼你的身体？”萨巴医生说。

“没有。”汀宝说，他的嘴里满是口水。

“那派珀做了什么？”

我转过身，屏住呼吸。

“她说我的衣服是从 H&M[1] 买的。”

“你的衣服是从 H&M 买的？”医生重复了一遍。

---

① 瑞典服装品牌。

“派珀在孟加拉国的时候参观了一个工厂，他们都在为 H&M 制造衣服。”

“我明白了。”萨巴医生说，“汀宝，三年级正是你和朋友的友谊开始变得复杂的时候，有的时候，你的情绪会被放大很多倍，导致肚子痛。”

汀宝终于抬头看着萨巴医生的眼睛。

“你知道对此最好的药是什么吗？”萨巴医生问。

“是什么呢？”

“跟你身边的大人讲讲。”萨巴医生说，“比如说，你妈妈。假如不是你妈妈……”

“是他的妈妈。”我说。

“——跟你爸爸、你奶奶、你最喜欢的老师说，告诉他们你的感受。他们也许没有办法帮你解决问题，但是有时候说说就够了。”

汀宝笑了。

“你看起来感觉好一些了吧。”

“是的。”

“我最喜欢听到这种话了。”萨巴医生站起来说。

“很好。”我说，“我们可以回学校了。”

汀宝跳下桌子，打开了门。

“嘿，他要去哪里？”我问。

门关上了，房间内只剩下了我、萨巴医生，还有一幅僵尸眼睛的狐猴壁画。

“你现在一定要马上回去工作吗？”萨巴医生问，“因为汀宝需要一些‘妈咪时光’。”

“我会重新安排一下日程。”

萨巴医生站在那里，看着我虚张声势。我打电话给悉妮·麦德逊，接到了语音留言：“悉妮，我们只能改天见了，汀宝这里有些事情需要处理。”

萨巴医生向我点了一下头，然后出去了。

汀宝在护士站吹着口哨，穿过包裹着泡泡纸的纸箱。一个护士问他：“你想不想要一个‘洗手’的铅笔或者‘干得好’的贴纸呀？”

“我可以都要吗？”汀宝一边问，一边四处摸索，“哦，这是口香糖吗？”他拿起了一个箱子，但是看到是粉笔的时候就把它狠狠扔掉了，像是它有辐射一样。

汀宝很好，他要回学校了。接下来，我要去和悉妮·麦德逊吃午餐。现在我最不想要的就是新一轮的被动攻击性的谈话：“你还记得我吗？”“你好啊，陌生人！”“你和朋友一起吃午饭吗？”

（真是太黏人了！就我而言，唯一比见到你还好的事情就是你取消了我们的会面。）

我拨了悉妮的号码：“嘿！忽略我上一条消息。我会跟你今天中午……”

不知道为什么，萨巴医生正好站在我面前。

“……改天。我就是打来确认一下你有没有收到我的上一条信息。”

“我还要不要回学校啊？”汀宝问。

聚光灯打在了我的身上。

“我们要一起来享受‘妈咪时光’。”我说。

“妈咪时光？”他说着，一点儿都不害怕。

我们离开了萨巴医生的办公室，走到了闹市的街上。我的脑子里乱糟糟的，现在最需要的是乔。乔是一把利剑，可以斩断我脑中的乱麻。

有一种情况被我称为“没救的旅行者”。如果你和一个非常有自信、很有组织能力、能果断做出决定的人一起旅行，你就会变成那个“没救的旅行者”，抱怨道“我们到了没有啊”“我的包太重了”“我的脚起水疱啦”“这不是我点的餐”，我们都曾经是那个没救的旅行者。反过来说，如果跟你一起旅行的人本来就很没救，也许你会变成那个能够快速读懂火车时刻表，花五个小时在博物馆的大理石地板上走路而绝不抱怨，看着国外的菜单而毫不心虚地点菜，跟狡猾的出租车司机据理力争的人。每个人的心里都有领导式旅行者和没救的旅行者两面。因为乔的头脑是那么清晰和敏锐，所以我在我们的生活中就像一个没救的旅行者。现在想想，这也许并不是一件好事。

我还没想好，乔的办公室就在几个街区之外。就算我能透过玻璃看到他，他还是宇宙的中心。

“等等。”汀宝说，“我们要去找爸爸？那我能不能玩平板电脑？”

为了不让汀宝玩电子游戏，乔和我正在进行一场毫无意义的反对电子产品的战争。这个计划唯一的漏洞就是乔办公室的平板电脑。

“你想玩平板电脑，是吗？”我用一种唱歌的方式问他，就像一个陌生人给他糖果一样，让他很意外，“我可以等吃午餐的时候，把你放在爸爸那儿玩。”

“哇，”汀宝不敢相信自己的好运气，“耶！”

我再一次打电话给悉妮。

“猜猜是谁？忽略我之前的消息。中午见！”

“嘿，看！”汀宝看到了爵士小巷的招牌，“那里有油腻的鹰嘴豆泥，他们混着可口可乐和雪碧制作的姜汁啤酒，你还得跟陌生人挤在小小的桌子上。”

也许我已经不止一次抱怨被热爱爵士乐的乔拖进这家餐厅。如果你曾经被 Rush 乐队的 *Tom Sawyer* 逼疯的话，你可以试试坐着听完一个爵士三重奏的四十五分钟的恶搞版本。

“我不是爵士乐迷。”我告诉汀宝，“没有女人是。”

“那你跟爸爸说让他自己去吧。”他说。

“别以为我没试过跟他这么说过。”我说，“但是关于我，他总有那么点儿不想放弃。”

我们一起耸了耸肩，往乔的办公室走去。

★

第一件为我敲响警钟的事，应该是空荡荡的等待室，但这也不是前所未有的。乔有一些明星客户（运动员和音乐家）鉴于种种原因（自大，乃至狂妄）不能与平民使用同一间等待室，因此，从大厅双排门到华莱士手术中心的入口有一排没有任何标记的单人房间，被用作私人等待室。可以想象，乔的病人可能就在里面。

第二件事的确为我敲响了警钟，热带鱼缸的顶盖正躺在沙发上。

为了声誉，名人都爱乔。不管四分卫多么受宠爱，吉他手有多么体面，只要他们的手一出现问题，他们就会直接飞到西雅图，因为他们都听说过“那个神人”。当他们看到“那个神人”是普普通通的乔的时候，他们都会忍不住爱上他。乔为自己办公室的植物浇水，他的办公桌一团糟。因为他为每个病人花的时间都太长了，整个办公室一直持续着混乱。他平等地对待每个人，他的好奇心就好像温润的小雨一样下个不停。你必须用绘画的形式来告诉他，为什么拯救一个赢得赛扬奖的投手的小指头比拯救一个有腕管综合征的超市结账员还酷。明星们喜欢那些仰望他们的人，但相信那些少数不仰望他们的人。

接待台后面没有人，我靠近了一点儿。桌上摆着一个打开的饭盒，里面有意式饺子沙拉。意大利调味酱让我一下子想起了我不想面对的过去：纽约，还在破产时期的我，吃着韩国熟食店的沙拉。

在办公室里，接待员鲁兹看到了我。我挥了挥手，鲁兹走了过来，她把手在牛仔裤上抹了抹。牛仔裤和办公桌上的发臭食物第三次为我敲响了警钟。

鲁兹拉开了玻璃窗："你回来了！"

当你的父母有一方是酒鬼的时候，你长大后就成了酒鬼的孩子。对于那些不是酒鬼的孩子的人，先听我把话说完，晚点儿可以再相信我。"酒鬼的孩子"这一点决定了你的个性。我不管你是不是全优生，或者嫁给了圣人，还是打破了以男性为主导的职业的天花板，在邪教或精神病院的坑里不断遭受失败，如果你是被酒鬼养大的，你就是一个酒鬼的孩子。为了能够迅速满足基本的生存需求，这意味着无论发生什么你都要先责备自己、逃避现实，你不相信别人，因为你内心缺乏安全感，而且非常想要取悦别人。这虽然不全都是坏事：完美主义可以创造出全优生，缺乏自信可以让你自给自足，缺乏自尊可以成为一个很好的努力动机。如果每个人都热衷于现实，那么就不会有艺术诞生了。

有一个酒鬼父亲的额外好处是，为了生存，我变得对微妙的肢体语言和语调变换异乎寻常地敏感。乔将这种敏锐的视角称为我的"魔力"。

现在，对任何人来说，"你回来了"意味着"很高兴见到你！好久没见了"，但是对于一个有魔力的酒鬼的孩子来说，这句话的意思是：乔告诉我们，你出城了。

这才是我一天的真正开始。

露西在回来的路上看到了我们。露西是办公室经理，她和接待员鲁兹在一起就像一对邪恶的猫咪，具有波澜不惊的眼睛，充满心机的微笑，她们一起工作只有一个目的，那就是保护乔。

拥有着伟大头脑的露西，是一个六十岁却拥有着舞者一样姣好身材的金发女郎，她总是穿着米色的衣服。今天，她穿了丝绸上衣，尖头的约十厘米高的高跟鞋，宽松的裤子前有一个锋利的皱褶，仿佛能把你切成两半。

我想要知道发生了什么。如果我贿赂露西，她一定会直接跟乔说。我的女巫本能告诉我，不管是什么事——乔告诉我他在工作，但办公室的人以为他在放假——我需要小心低调处理。

这是一场邪恶猫咪与酒鬼的成年孩子的对战，愿强者胜。

“看到你真是惊喜。”露西不露声色地说。

“我回来了。”我说，简单地重复了鲁兹刚刚说的话。

两名工人路过走廊，把一卷地毯搭在了墙上。

“新地毯？”我说。

“我们从来没有放过一个星期的假！”鲁兹打断了我们。

一个星期？嗯，有趣了。

露西把她的手放在鲁兹肩膀上，这是一个“不要再说了”的信号吗？我从一米远的地方感觉到了什么？这会不会使露西的心率下降呢？是不是这只邪恶的猫咪刚刚将了我一军？

“我的车停在车库里。”我说。

然后，我使出了监狱里的一招（如果真的有这么一招的话），把手伸到鲁兹的办公桌上，在她的私人用品上尽可能地摸来摸去。

震惊的鲁兹转向正冷静地打开抽屉给我找停车证明贴纸的露西。

“你整本都拿去吧。”她说。

汀宝正站在椅子上，两手都在鱼缸里，将他的手指穿过臭臭的水：“耶！”

“走吧。”我说。

在走廊上，我看到了一个被固定在墙上的洗手液瓶子。我的手颤抖着按下按钮，洗手液喷在了地上。我舀起泡沫，跪下来涂在汀宝的手臂上。

“哦，不好，”他哭了，“那水是脏的吗？”

“不一定。”

“闻汤汤，冷汤汤。”汀宝说。

“什么？”

“这是学校教我们的，当我们不高兴的时候，就闻汤汤，”他深吸一口气，“冷汤汤。”他把气呼了出来，“来吧，妈妈，闭上眼睛。”

我站了起来，闭着眼睛，我闻到了汤，我吹出了冷汤。我的手臂上升了一点点，我的手掌转向自己了一点点，我的手指像章鱼保罗一样蜷曲了起来。

“我觉得我需要一些保湿霜。”汀宝说。他的手臂因为酒精而变得粉红。

“我会给你找保湿霜的，宝宝。”

我打通了悉妮的电话：“嘿，还是埃莉诺。这真的是我最后一次给你打电话了。这次，我必须取消我们的午餐了。给我打个电话，这样我就知道你收到信息了。”

我转向汀宝：“接下来是我和你的时间。”

“真的吗？”他难以置信的样子简直让我无法抵抗。

“你想做什么呢？”我说，“什么都可以。我们可以去划船，买个三明治去史密斯塔的顶端吃，去风筝山上放风筝，看三文鱼在巴拉德水闸门里逆流而上。”

“我们可以去 GAP[①] 吗？”

我们向 GAP 走去。

“这一切都是为了你，宝贝。”我说。

汀宝奔跑着爬上通向儿童区的透明楼梯。我心不在焉地跟着他。

发现丈夫说谎等于丈夫有了外遇。这是一个最初的想法，我仿佛被拍扁了一样。

我的朋友美玲告诉我，第一次约会的时候，一个男人会无意识地透露一段感情最终失败的原因。他会说，他不想要小孩，或者他不是那种会安定下来的类型，或者他和妈妈正在闹矛盾。我们第一

① 美国品牌服装店。

次约会时，乔展现出他是一个善良、好奇、有原则的人，正如他后来展现的一样。

只有一件事情让我觉得奇怪。

我也不知道这件事是怎么被提起来的，但是他说，他应对事情的风格是：忍耐、忍耐、忍耐，一直到他忍无可忍为止。“那你忍无可忍是什么样子？”我问。他想了想，然后回答：“我不知道，因为还没有发生过。”

之前我约会的男人还在怀念着他的前任，再之前的男人正经历着戒酒的第十五天。如果乔能说出自己最糟糕的一面只是他未来可能会懊恼地捶墙，我愿意！

（甚至连这都没有实现！二十年来，我们都没有给墙壁工人打过电话。）

最重要的是，乔是一个很讲道德的人。我曾经指出，他反对天主教堂，但同时他本身就是天主教传讲的得体和诚实的活体广告。（“只有在他们不用谎言和自我仇恨打击你的时候，他们还是好人。”他反驳我道。）

他根本不可能背叛我。

此外，我与他没有足够的性爱。我必须得努力一点儿。

我把头伸进了更衣室，汀宝正在试一条灯芯绒短裤，还有一件印着柯基狗在打鼓的 T 恤。他露出酒窝，像白纸一样的肚皮从腰带上弹出来。

“你觉得这里有没有到膝盖的袜子？”他问。

男童装部怎么会有这个？！我知道我不应该说。

然后我想起来了，今天早上，乔面朝下对着桌子，前额抵着报纸。也许他在上面看到了什么……

“我去街对面的巴诺书店待一会儿。”

“等等，”汀宝说，“你要把我一个人丢在这儿？”

在我想出怎么回答他之前，他说：“我可不可以再买点儿别的东西？”这个孩子有赌徒一样的本能，知道什么时候该下注。

“只能买一样。”

我跑向书店，买了一份《西雅图时报》，然后匆匆跑了出来。在此期间，人行道上出现了一堆木质的路障。

我是不是忘了提到教皇今天来西雅图？哦对，为了一件叫“世界青年日”的事。（这事难道听起来不像假的吗？好像小丑会梦想成为罗宾一样。）这位圣人被安排本周六在水手体育场举行弥撒。

我快速地翻着报纸。海鹰队、海鹰队、海鹰队，教皇、教皇、教皇，有个女人为乌鸦准备食物导致她的邻居都很生气。这些人和时间都可能让乔绝望，但是应该也都不会。

真是太挫败了！当然，今天上午，我没有好好问乔，但这难道不是经历了二十年婚姻的好处吗？你可以省去那些虚情假意的姿态：“你看起来很郁闷。”“我没有郁闷。”“跟我说说吧。”“我正在跟你说呢。”“我不是正在跟你说吗？”“是我的错吗？”“我跟你说了没事。”“是我的错。”唉，想想那时候的日子，让我简直想在有氧运动课上放声大哭。

当我回到 GAP 的时候，汀宝已经去结账了。一个戴着头戴式耳机的女售货员正在扫描一大堆衣服。

在扫描的时候，汀宝低声说："快点儿，快点儿。"

"不要以为你可以逃过这一劫。"说着，我走到他的后面，"我知道你骗了我。"

"你今天要用 GAP 卡吗？"女售货员问。

"不要，我也不想要你的卡，"我说，"我们不会回来了。"

"你把什么都毁了。"汀宝说。

"不，你把什么都毁了。"

售货员小姐的笑容并没有因此动摇，但这并不意味着她不急着回家告诉她的室友今天的奇遇。

现在已经是十一点四十五分了，我还没有听到任何来自悉妮的消息。街上，一辆白色的警车已经停在第六大道上，堵住了路。我拨了悉妮的号码。电话响起的时候，我指向了警车。

"看，"我跟汀宝说，"教皇肯定住在喜来登。当你自称人民的好教皇的时候，就能得到这种待遇。现在你就只能住在垃圾桶里了。"

"我希望我也能住喜来登。"

还是留言。"悉妮，我是埃莉诺，请给我回电。我不想你一个人赴午餐约，而我不在那里。也许我应该去，我不知道。"我挂断了电话，“看，这就是为什么我受不了悉妮·麦德逊。”

“我还以为她是你的朋友。”

“这是大人才能理解的事。”我从胳膊下拿过报纸，指着日期，“读给我听。”

汀宝读了。

我递给他我的日程本：“看看今天，星期四，十月八日。告诉我上面写了什么。”

“斯宾塞·马特尔。”

“给我。”我夺过日程本，上面是我自己的笔迹：斯宾塞·马特尔。

“谁是斯宾塞·马特尔？”汀宝问。

“我不记得了。”

斯宾塞·马特尔——不管那是谁，我都跟……他？或者她？反正约了一个午饭。

“谁是斯宾塞·马特尔？”汀宝又问了一遍。

“我看起来像知道吗？”

“没关系的，妈妈，”他说，“你一定是小心写的。”

“是‘不小心’，谁教你这么说话的？”

我拿过我的手机，搜索“斯宾塞·马特尔”，一封一个月前的邮件跳了出来。

发件人：斯宾塞·马特尔

收件人：埃莉诺·弗拉德

标题：回复：好久不见！

你十月八日中午有没有时间一起吃个午饭？

我很愿意和你叙个旧。

亲亲

我往下翻着邮件，找到了自己的回复。我们定了十二点在满闰餐厅见。

现在已经十二点十分了。

"没准他是悉妮·麦德逊的亲戚。"汀宝提供了一个可能性，"他可能是她的兄弟。"

"我们一会儿就知道了，不是吗？"

"我也要一起去？"汀宝瞪着他的大眼睛。

"没错，我和你。"

对于我持续低潮状态的迷茫——用"模糊"来形容再恰当不过了——我把这种迷茫分成三类：一、我应该记得，但是从来都不记得的教训；二、我选择性记得的事；三、我记得，但还是做得一团糟的事。

我应该记得，但是从来都不记得的教训有什么？比如我不分左右。对不起，但是你最好向别人问路的方向。

我选择性记得的事有什么？很多。一个好脑袋里只有一定的容量，更不用说一个像我这样的脑袋了。所以我做了一个决定，有一些我特别不感兴趣的事情，比如说巴以冲突、莉娜·丹恩[①]、伊莎贝拉·斯图尔特·加德纳[②]被盗的画的下落、GMO[③]代表什么，以及直到五分钟前汀宝开始跟高筒袜“调情”，还有性别认同。如果选择性不记得这些事情会让我作为人类的存在变得相当有限，我将坚决地接受我悲惨的命运。现在流行的立场好像是：“我有意见，故我在。”我的立场？“我没有意见，故我高你一等。”

我记得但还是做得一团糟的事有什么？时间。如果我有一个十二点半的午餐约会，我会把十二点半写进我的日程本。但随着时间过去，我的脑子开始做一些炼金术，十二点半就变成零星一点儿。你会以为在几次戏剧开场半个小时后才到（好多次！）之后，我能学会反复检查票面上的开场时间，但我没有。我希望我可以有个好理由来解释这一切，但这是生命谜团之一。

我想说的是，从与悉妮·麦德逊的午餐之约改成与斯宾塞·马特尔的午餐之约，可能会让你去见神经科医师，但这对我来说，只是耸耸肩就能坦然接受的事情罢了。

① 美国女演员。

② 美国最早、最具特色的博物馆。

③ 转基因生物。

★

餐厅对面的街上只剩下了一个停车位。如果这是我今天唯一的善报，怎么办？我可不想浪费这样的好人品。

“这是一个大人的午餐，你明白吗？”我一边说，一边把停车收据贴在了内车窗上。

“所以会有不适合小孩子听的内容吗？”汀宝问，带着礼品篮爬出了车。

“我们要谈论我们想谈论的东西，而你只能坐在那里。提前跟你说好了，如果你想问‘我们能不能走了’，答案是‘不能’。”

“如果有地震怎么办？”

“我刚才说什么了？”

“那我可以听你手机里的广播吗？”

“不行。但是我有一些有声书。”

“都是萝拉·英格斯·怀德[1]的。”

“你已经被《根本就不行》毁了。”我说。

“什么《根本就不行》？”

“就是你总是在看的那档糟糕的节目。”

“那档节目叫《我知道啊，对吧？》”

“那么，《我知道啊，对吧？》已经毁了你。”我说。

---

① 美国女作家。

“天哪，妈妈，”汀宝说，“你从来都没看过那个节目。”

“什么都不许听，”我说，“好好坐着。”

“好吧。”汀宝痛苦地说，“萝拉·英格斯·怀德。”

我们等着过马路的时候，一个流浪汉走了过去，白色的小脏辫和胡子，以及红色的其他部分：皮肤、眼睛、脱皮的手、赤裸的脚面。他仿佛在寻找着什么。

“过来。”我把汀宝拉到身边。

“他是不是有点儿精神病？”

“我想离你近一点儿。”我给了他一个紧紧的拥抱，他在我的怀里放松下来，“我会为你而疯狂的，你知道的，对吧？”

“我知道。”他抬头朝我笑。

“你不需要也这么对我疯狂，只要比你现在喜欢我多一点点就可以了。”

我们进入了满闰餐厅，乌木的墙壁，工业风的天花板，怪诞的几何马赛克异想天开地爆发，还有几盏异想天开但又恰到好处的吊灯。我不管你住在哪里，但是西雅图的餐厅一定比你那里的棒。

“嗯……”我说，“我们要找谁？”

“斯宾塞·马特尔。”汀宝说。

“我知道。”我清醒了过来。

在餐厅的里面，一个男人站起来挥了挥手。他三十多岁，精瘦，有秃顶的迹象，穿着一件黄色格子棉布衬衫和黑色牛仔裤，腰上是棕色的皮带。

“这不就是他嘛。”我说着，向他挥手，“我认识他……”

“在什么地方认识的？”汀宝问。

十五步以外，他看起来很眼熟。八步以外，我几乎就要想起来了……然后我们到他跟前了。

“斯宾塞！”

“埃莉诺！”他说，带着深深的宠爱。

“你！”

汀宝给我一个眼神：这是谁？我回给他一个眼神：别问我。

“这是你儿子吗？”斯宾塞问。

“你们第一次见？”我不确定地问。

“我们给你买了这个礼品篮。”汀宝说。

“如果我知道你要来，”他对汀宝说，手放在弯下的膝盖上，“我也会给你带礼物的。”

汀宝比鲍比·菲舍尔[①]还快地做起了算数，发现了桌子上的皮盒子。他一把抓过，打开了它。

在缎面的垫上是一支橙色的万宝龙笔，我以前用的那种，很早以前就停产了。

“独一无二的圆珠笔。”斯宾塞对我说，“如果我没记错的话。”

“我不敢相信你竟然找到了！”那种重量，那种独一无二的浑浊

① 国际象棋特级大师和第 11 届国际象棋世界冠军。

颜色，那从我手中按两下笔头的感觉，“在易趣上，我只能找到午夜蓝色的——”

“还有蓝绿色、森林绿和黄色。”斯宾塞插嘴。

“但是橙色很少见了。”我说，“这真是个宝贵的礼物。”

“我要看。”汀宝抓过了笔。

“这是多么美好和出人意料啊！”我看着斯宾塞的眼睛，“谢谢你。”

“你是怎么认识我妈妈的？”汀宝问，他真是我的好助手。

在他张嘴之前，啊哈！

斯宾塞·马特尔！

从《路珀沃什》剧组来的！

自从他跌跌撞撞地从办公室里混出头已经十多年了。

“我很久以前和你妈妈一起共事过。”他声音中的温暖掩盖了在我大脑中正在急速加载的丑陋记忆。

当斯宾塞走进我们工作的“牛棚”的第一天，他看起来像这些东西的集合：Moleskine笔记本、黑翼铅笔、复古眼镜。他说着准确的艺术家的名字：罗伯特·威廉姆斯、亚历克斯·格雷、塔拉·麦克弗森、克里斯·韦尔。

但是……

他很紧张，很想表现自己，以至于他的存在简直让人难以置信。每个周一的上午，为了我们动画师要加入收藏品里的任何小物件，他都会特地跑到布鲁克林的物品交换会。我曾经提到一次，说我喜欢焦糖布朗尼，第二天他就带来了自制的一托盘……

我怎么会雇用他呢？哦，对了！我没有雇用他！我们不用付钱就得到了他，是通过电视台的一个照顾少数种族的招聘计划。结果，他就凭借自己四分之一的墨西哥血统玩弄了系统，从而得到了工作。哦，而且他根本就不会作画！他不断烦我，提出好多关于每个微小的姿态和表情的问题。我的工作不是去帮助他学习的，反而他应该来辅助我。我需要人们闭嘴，大量地作画，贴在模型板上。

斯宾塞很快认识到他的处境是多么水深火热了，他的汗水吸引了每个人的目光。当他的八周工作结束时，他的精神已经被我们击垮了，以至于他打包好他的东西准备离职。他坐在他空空的办公室里等着被我解雇，而我无情地让别人去开除他。斯宾塞在房间里待了一个小时，他唯一还活着的迹象就是我们隔着门听到的哭声。我走进去，想给他一些职业建议，但当我一张嘴，就什么都不对了。

我向第一个穿着黑色衣服的人招手："我们需要点餐了。"

"我们要点餐？"汀宝说。

我转向斯宾塞："跟你说一下——"

"你不会跟别人分享食物。"他说，"我记得。"

"那我可以点两个吗？"汀宝问。

"一个。"

我们点了菜，然后坐着。我、汀宝，还有那有着四分之一墨西哥血统的幽灵。总得有人说点儿什么。

“斯宾塞 · 马特尔！”

“我简直不相信你回了我的邮件。”他说，“我以为你应该忘了我。”

“当然没有。”我不自在地说着，一不小心挥手把我的水撞倒进了浸泡油里。

汀宝看起来开始发愁了。

斯宾塞用他的餐巾纸擦干了水，并把他的手机移到了桌子上干的一边。

这个动作给了我一个想法。

“汀宝，”我说，“去洗手。”

“但是——”

“你的手上有鱼屎。”我说，“你不吃炸薯条啦？这里的炸薯条最好吃了。”

汀宝恶狠狠地瞪了我一眼才走开。

“斯宾塞，”我靠向桌子另一边，“如果我用你的手机打一个电话，你能不能假装预约一下医生？”

“呃——”这可怜的家伙看起来很沮丧。

我已经拨通了乔的电话：“我不想让他知道是我打的，你就问问最近的一次预约是什么时间。”我把斯宾塞的手机放到他的耳边。

我能听到鲁兹接了电话。我激动地摇着斯宾塞等他开始讲话。

“是的——你好——”他口吃着说，“我想预约一下医生——”

鲁兹在另一端解释了些什么。

“问问他什么时候回来。”我轻声说。

“他什么时候回来？”斯宾塞无力地说。

“周一。”我听到另一端说。

这就是我想知道的全部了。我抓起斯宾塞的手机，挂断，然后还给了桌子另一边的他。

他低头看了看手机，然后又看了看我，不确定刚才的一分钟里发生了什么。

“华莱士医生……”斯宾塞说，“他不是你的丈夫乔吗？你们离婚了？”

“才不是，我们还幸福地过着婚后生活。”

汀宝从充满魅力或者是让人讨厌的斯宾塞身后滑回座位。很难猜是哪种，我开玩笑的！当然是让人讨厌的。

“斯宾塞，”我说，“跟我们说说你的故事。”

“好吧，那估计要讲三个小时。”他展示着他欢乐的那一面说。

“说个简短的版本就行了。”我说。

“当我离开《路珀沃什》的时候……”

我不得不深吸了一口气：“我只是想帮助你。”

“你做了什么？”汀宝问。

“这不重要。”我说。

“难搞的人是我们人生中最宝贵的老师。”斯宾塞说。

“她对你怎么了？”汀宝快好奇死了。

“你没有音乐要听吗？”

“我很好。”

斯宾塞掏出一个有型的邮差包，给汀宝打开：“我有一些图画书可以给你看。”

汀宝忽略了这个提议，扬起眉毛，好像在说，你可以继续说了。

“当我刚被《路珀沃什》录用的时候，”斯宾塞说，“那是我生命里最快乐的一天。我以为我成功了。我从我父母在皇后区的房子里搬了出来，买了一辆黄蜂牌的摩托车，把我所有的积蓄都花在给其他动画师的礼物上。”

“对此我真的很感激，那个史蒂芬·桑德海姆[①]签名的戏单是我最宝贝的藏品之一。”我用手捧着我的脸，试图遮挡余光里的汀宝。

“然后我被开除了，非常耻辱。我到了那样一个地步，住在一个我买不起的公寓里。我无颜面对父母。我人生第一次不用和我的五个兄弟姐妹分享一间卧室，而且我终于可以面对事实……我……”他看着汀宝，不确定能不能说，“不喜欢女孩子。”

“他什么都懂。”我转过头看汀宝，“我都让他看托尼奖。”

“哦，我爱上的第一个男人有毒瘾，生活很艰辛。我很快就破产

① 美国作曲作词家，号称概念音乐剧鼻祖。

了，比我想象的还快，我无家可归。不管我身处多么糟糕的境地，我都知道自己是个艺术家。不管你说了什么，我知道我不仅仅是一个事业家。”

我是这么称呼过他，我倒希望他已经忘了。

“什么是事业家？”汀宝说。

“我那时候也不懂，查了以后我才知道。”斯宾塞说，“那是一种只想看到自己的事业前进的人。”

“那还不赖呀。”汀宝很失望地说。

斯宾塞把手放在心上继续说：“就算现在，当我想起在《路珀沃什》的时候，那种耻辱的痛苦都仿佛把玻璃扎进手心一样。我那时那么天真、那么尴尬。”

“没有。”我说，“只是那个职位不适合你罢了。”

“你曾经无家可归啊。”汀宝又帮助他继续说。

“我失去了希望，”斯宾塞说，“但是内心深处有一股支持我前行的力量，一种充满希望的感觉。那是一种有脉搏的、光芒四射的绿色。”

“绿色的希望！”我说。

“就好像番红花在冬天破土而出。那是一张在牧场房子的地下室里的长绒地毯。那是我姐姐成人礼时穿的裙子。如果你听过就打断我。”

“我？”我咳嗽着，完全不知所措。

“如果我抓住了那些绿光，”他说，“就会让我内心深处被事业家所绑架的艺术家的那一面释放。”斯宾塞解开他的衬衫袖扣——一对法国丝绸结。在他的两个手臂上，都有一个文身从手腕延伸到手肘：绿色的条纹。

“哇！”汀宝说。

“文身是很重要的承诺。”我说，然后注意到他的手表：复古卡地亚。

“我拒绝让我在《路珀沃什》的失败定义我，”斯宾塞说，“我花了我身上最后一美元，在跳蚤店里买了一张画布，涂成了绿色，然后在颜料还是湿的时候，在它的上面哭了。”

“噢。”我说。

“妈妈，你太坏了。”

斯宾塞拿开了他大腿上的餐巾，折叠好放在桌子上，他站起来向我走来。我的手臂挡住了我的脸吗？也许吧。他并没有打我，而是抱住了我。我得用上我在分娩班上练习的深呼吸，才能平复他那古怪动作带给我的震惊。

汀宝给了我一个眼神：他在干吗？

我给他回了一个眼神：不知道。

斯宾塞回到了他的座位上，汀宝递给他餐巾。现在我别无选择，只能尊重他。

“你说得没错，”斯宾塞说，“一切都很感伤，掺杂着很多混乱的情绪，但那毕竟是我做的第一件真实表达自己的事。如果你想看的话，那幅画就在西雅图。”

“我想看！”汀宝说。

“读书吧。”我说。

“听着，”斯宾塞弹了一下他的额头，“我答应会简单说一下，所以我出柜、吸毒、文身什么的。你可以猜出我过去十三年半里大致发生的事。”

“我可以猜出来吗？”

“耶鲁艺术学院、白柱子画廊展览、杰克·沃金美术国际大赛奖、威尼斯双年展等。”

我闭上眼睛，脸微小地抽搐了一千多次，从而导致扭曲：“什么？”

“我以为你知道。”斯宾塞说。

他转向汀宝：“你妈妈——”

但是汀宝已经沉浸在斯宾塞的书中了。

斯宾塞转向我：“这就是为什么我这么想你，埃莉诺，你总有办法激发我的潜能，特别是在我最需要的时候。”

“我不是故意的！”我说，“我保证。”

“当代艺术世界是如此孤独。我认为我们的画作被拍出创纪录的价格，就让我们自以为是宇宙的中心，虽然只有大概八个人在认真看我们的作品，而这八个人都只是画廊老板或者艺术顾问。”斯宾塞双手合十，轻轻鞠了一躬，“我很尊重你。”

“那是你吗？”我还是一头雾水，“耶鲁？威尼斯？”

“我马上要在西雅图艺术博物馆举办个展了。”他说，“他们也让我在雕塑公园里做什么艺术，现在把宣传横幅拉得满街都是。当然，我以为你所去之处都能看到我的名字在风里飘动，但你现在在我面前反思。”

这个汗流浃背的马屁精，假装半个少数族裔的人，现在要成名了？现在他成了一掷千金的大佬？他把世界颠覆了，但并没有当面嘲笑我，而是冷漠地复仇，他给我拥抱、两百美元的笔、感慨万千的态度，以及……

“妈妈？”是汀宝在叫我。

他举起他从斯宾塞包里拿的正在读的东西，那是一本精美的杂志或者目录册……我甚至花了一点儿时间才认出它。

密涅瓦奖！

我还在《路珀沃什》的时候，那是一个专门为漫画家设立的奖（现在已经停止颁奖了）。我在二〇〇三年由丹尼尔·克洛斯提名过一次。

那年的冠军本来应该在奥丁剧院宣布。我们正在制作《路珀沃什》，所以打算放颁奖仪式的鸽子，但是最后一秒钟，我还是和大家飞奔而去。我们都穿得极其不正式，坐在位置特别好的桌子旁，艺术专员的妻子们可疑地看着我们粗鲁地插科打诨。（所有人都知道，参与电视节目的制片会让你变成野兽。）我不指望能赢，也没有赢。我们大家回来都带着一个礼品袋：石榴饮料、一个 U 盘、一个印着贝尔斯登口头禅“Ahead of the Curve”（引领潮流的）的水杯，还有一本目录册。

“我当然没有被请去参加颁奖仪式。”斯宾塞跟汀宝说，“但是第二天上午，我从一个垃圾桶里翻出了目录册。有一天，我正在做春季大清扫时想起了它，我想你妈妈可能需要它。”

我想起了一些可怕的事情……

“什么？”斯宾塞问。

……那个目录册，汀宝手里的目录册。它介绍了每个提名者和他们的作品……这就意味着我的作品有整整十二页……

“嘿，”我对汀宝说，并把手伸过去，“把它给我。”

他甩开了我的手：“弗拉德女孩是谁？”

第二章　弗拉德女孩

埃莉诺 · 弗拉德

《弗拉德女孩》

丹尼尔 · 克洛斯　提名

我第一次见到埃莉诺是在一九九五年，在那个曾经被我们称为圣地亚哥漫画展（不同于达拉斯漫画展、萨克拉门托漫画展、爱尔兰漫画展）的地方。那时候，它还没有被好莱坞升级改造，漫画还是主要的卖点。在那个叫嚣着独立与个性，却像地下贫民窟一样的角落里有我、彼得 · 巴格、乔 · 马特、埃尔南德斯兄弟、伊凡 · 布鲁内蒂，大家经常能看到那群白痴。我们会坐在桌子旁，把我们的画作排开，祈祷马特 · 格勒宁[①]走过来买点儿什么。我们一直以来都坚信不疑。

我们等了很久很久，甚至都没有人往我们这边看，唯一一次有

① 美国漫画家、作家、制片人、动画师和配音演员。

人是因为旁边托德 · 麦克法兰排队的人太多了，偶尔有几个长胡子的老宅男往这边扭过头，露出鄙夷的眼神，或者把我的作品当作他的啤酒杯的杯垫。

正是在这样一个麻木不仁到让我几乎在反省我的职业选择的时刻，一位与众不同的年轻女孩在人群中出现了。她很漂亮，穿着一件裙子（是一件真的裙子，而不是 Troll Queen[①] 那样的裙子）。她明显是 *Eightball* 漫画的粉丝，因为她认出了我在卖的画作："《幽灵世界》！这个最可爱了！""我真不敢相信你还卖 *Ugly Girls*，这真是太好了！"这跟我平常听到的关于我的作品的评价非常不一样（"真恶心"是最常见的一句，接下来是"为什么"）。我看到她转过去，想知道看不到尽头的队伍指向哪里。"我应该为他们感到抱歉。"她说。"这有什么意义呢？"我说。"他们都不知道自己在伤心呢。"我们讨论起我们是否有讨厌他们的权利，然后一致同意也许我们还是可以讨厌他们的。接着，她抱起了我的作品集，问："如果我把什么都买了，会不会很糟糕？"我告诉她没事的。

她给我写了一张支票：埃莉诺 · 弗拉德，纽约市，纽约州。

第二次见她是九年后，我正好要去纽约，跟我妹妹保证我会去看我外甥女，她在一个制片公司负责接电话。她说："你知道那个节目吧，《路珀沃什》？那个在《冰河世纪》前放映的关于女孩在马上

① 美国同名漫画中的主人公。

的短片，现在被改成了在福克斯电视台播放的剧集。”我一点儿也不知道她说的是什么（谢谢老天），所以我说：“地址是什么？”

我走进了苏豪区的一栋大楼里，这话听起来令人印象深刻，但其实也并没有那么夸张。我走上了四楼。显然，这栋楼里的每个人都活在墙上的屏幕里，因为这个地方一个人都没有。在一个角落的办公室里，我看到了一个用一面巨大的镜子支撑着的画板。正是这种极度自我、自私而又自恋的感觉击中了我，所以我打算走过去探个究竟。

画板上画的是一些彩色铅笔插图（有恶意地对福克斯高管的涂鸦，让我立马爱上了这个作者）。画很丰满，也很漂亮，满是柔和的颜色和精致的花朵，虽然并不是我通常喜欢的元素。这些画作给人的感觉非常不安，跟通常的可爱轻快的搞笑方式很不一样，它们真诚得有点儿吓人。

我听到了一个快乐的声音：“丹尼尔·克洛斯！”那就是埃莉诺·弗拉德。我这才发现，她是《路珀沃什》的动画总监。我的外甥女告诉她我要来，所以她把多年前买的我的作品集拿过来了。

“你想要回这里的任何作品吗？”她说，“有很多可能非常值钱了呢。我有时候觉得良心不安，想到我只付了你那么一点儿钱就会哭。”

其实，我想到同样的事情时已经哭过了。我告诉她，她可以继续留着它们。

她看到我正在看她作的画。“我知道。”她说，“它们是不是非常可爱？”

“没错。”在研究了好一阵子之后，我说。

“密涅瓦奖让我提名一个人，”我说，“你觉得我可以用这些来提交你的名字吗？”

“但是这些不是图画小说呀。”她说。

“把这些都拼在一起，就会有一本漫画了。”就算在二〇〇四年，我还是无法让自己习惯使用“图画小说”这个术语。她明白了我的意思。

“哦。”她说。

跟许多关于童年的故事不同，《弗拉德女孩》给人的感觉是身临其境，带着一种几乎是现在发生的事情一样的紧迫感。虽然画作中充满了准确的年代细节，但这绝对不是一次怀旧之旅。那种美妙之处是坦白而赤裸的。埃莉诺·弗拉德能够在这样不详的秘密叙事里注入这么多温暖的元素是非常难得的技巧，我非常期待能读更多。

弗拉德女孩

苔丝 · 泰勒和马修 · 弗拉德
贝梅尔曼斯酒吧 1976

埃莉诺 4 岁 艾维 6 个月

当妈妈在周日连演两场《彼平正传》的时候，爸爸会打一个电话："这是 839 号。现在纽约喷射机队的赔率是多少？给我下注两个点。"第二天上午，我们的家里就会很搞笑，我们会跟爸爸说："839 号，早上好！"妈妈会让我们出去玩儿。

妈妈希望在她拿到测试结果的时候，我们能握着她的手。“结果是积极的。”索尔斯医生说。我们都很开心，但妈妈却握紧了我们的手。

我们搬到了阿斯彭，因为爸爸的朋友在那里有房子，虽然她大部分的时间都住在达拉斯。那位女士那么喜欢我爸爸，以至于让我们三个人都住在她的马车房里。爸爸有一个特别的电话永远只在周日才会响起，他还有一个笔记本用来记录那些电话。

爸爸在城市市场上不花钱就领养了“小芹菜”，因为在城市市场，芹菜总是不要钱的。

3.《阿斯彭时报》背后的小巷。从这里，你可以花两美元买二十份报纸，并一份卖二十美元。
9.“我累了。”
Carl's pharmacy prescriptions and Sodas
Carl's PHARMACY
Wine Cellar
Liquors
8.花了 9.35 美元！我们去了卡尔的药店买润唇膏和太妃杏仁。
SOUTH MONARCH STREET
6.“非常不好。快停止！”
EAST HOPKINS AVENUE
7.“也许有一天，我们会住上这样的大房子。”

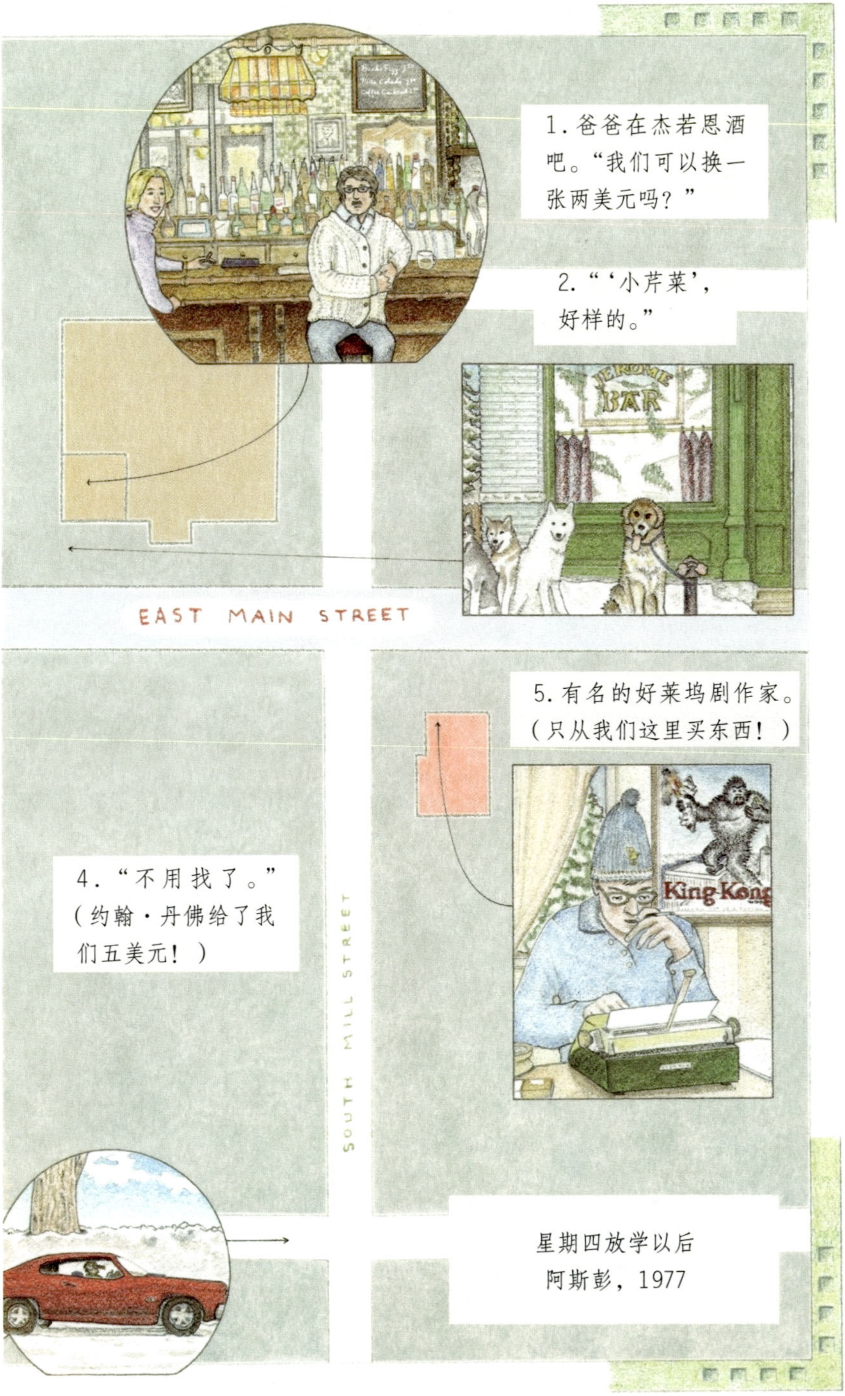

1. 爸爸在杰若恩酒吧。“我们可以换一张两美元吗？”
2. “‘小芹菜’，好样的。”
JEROME BAR
EAST MAIN STREET
5. 有名的好莱坞剧作家。（只从我们这里买东西！）
King Kong
4. “不用找了。”（约翰·丹佛给了我们五美元！）
SOUTH MILL STREET
星期四放学以后
阿斯彭，1977

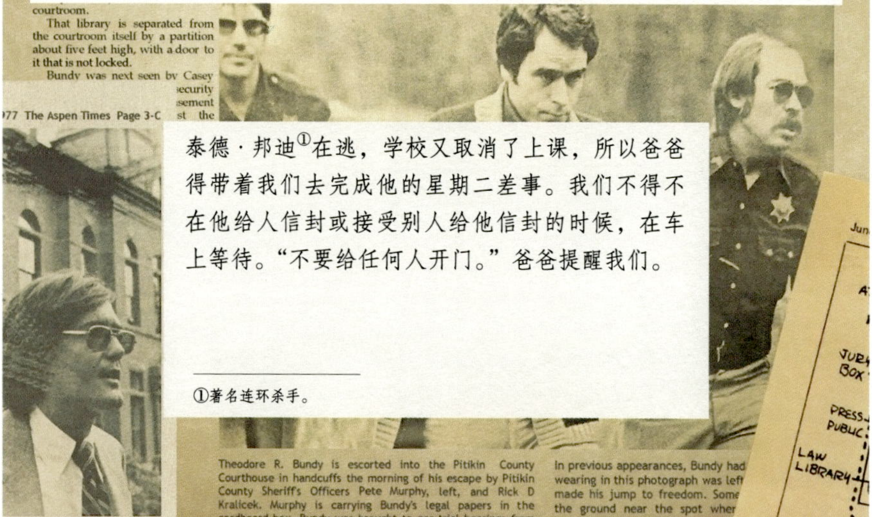

泰德·邦迪[①]在逃，学校又取消了上课，所以爸爸得带着我们去完成他的星期二差事。我们不得不在他给人信封或接受别人给他信封的时候，在车上等待。“不要给任何人开门。”爸爸提醒我们。

①著名连环杀手。

厨房里一阵喧闹，很大声，比晚归的爸爸回家的声音还大。我们起床想看看发生了什么，但是那时爸爸已经从他的卧室里出来，穿着短裤，揉着眼睛。一只熊在厨房里偷我们的食物！警察来了，用一支沙袋枪吓跑了它。

之后的每天晚上，我们都会听到前门的门把手一阵吵闹的反锁声音，然后是侧门，最后是后门。

E & I

第三章　古怪的演员

“你从来没跟我说过你有个妹妹。”汀宝对我说，面前还放着那本目录册。

“我没有妹妹。”我说。

好吧，终于到了这一天。

晚上睡觉前，为了这不可避免的糟糕一刻做好准备，我都会在脑子里用不同的语调重复着：

我没有妹妹。

我没有妹妹。

我没有妹妹。

有时候，我会不自觉地大声说出来。汀宝在后座上问：“你在说什么？”我在前座上说：“哦，没什么！”

有时候，谎言是浮在我脸上的。

乔：你在想什么？

我：什么都没有，怎么了？

乔：你的牙都露出来了。

“但是苔丝·泰勒是你妈妈，”汀宝说，“小芹菜是你的狗，然后……”

“《弗拉德女孩》表现的是我性格的两面，”我突然清醒过来，“这是一种艺术性的实验方式，就是这样。”

炸薯条来了，一碗香脆的棕色薯条堆上点缀着切碎的新鲜香草。

“哇！”汀宝说，“这碗基本上都得归我了！”

可以吗？我真的可以从这一切中逃脱出来吗？

“你等着尝尝他们的番茄酱，”我声音颤抖着说，“是自制的哟。”

但是斯宾塞……

他的脸上挂满了疑惑。他的眼睛眯了起来，眉头皱到了一起，嘴巴在动。

“但是我不是见过你的妹妹吗？”他说。

澄清一下：我真的有一个妹妹，她的名字叫艾维。我创造了《弗拉德女孩》，作为给她的礼物。在丹尼尔·克洛斯多年前看到那些画作之前，我从来没想过要把它变成图画小说。

这时，乔伊斯·普里姆走进了我的人生。这位波顿山出版社的初级编辑，做着初级编辑所应该做的事情：在各个颁奖晚宴上物色有前途的天才。她快三十岁了，非常瘦，过度盲目地自信。乔伊斯在奥丁剧院的女厕所把我逼到了角落。

“维奥莉特 · 派瑞拿下了所有《路珀沃什》的功劳。”她说，“现在，是时候让我们纠正这样的犯罪了。”

“你想得美。”我说，“维奥莉特是我至亲的朋友，这里没有什么确凿的犯罪可言。”

“我想要看到更多埃莉诺 · 弗拉德的特色。”乔伊斯说，“《弗拉德女孩》正求着你把它扩写呢。”

“这么说真是太过誉了。”我说，“但是我不是图画小说家。”

“丹尼尔 · 克洛斯觉得你算。”她说，“我也这么想。”

“我没有什么故事好讲的。”我说。

她递给我她的名片：“等你改变主意了，给我打电话。”

一年以后，发生了一件可怕的事情。

我真的有一个故事想讲。

我打电话给乔伊斯，那时候她已经是波顿山的执行编辑了。她飞到了西雅图。

我们在 W 酒店喝了东西。乔伊斯穿着十厘米高的高跟鞋、桃色的裤子、一件低胸印花的皱丝绸衬衫，搭配一条长的金项链。她没有化妆，长发随意地扎到了脑后。

每当我被迫进行一对一的社交，特别是当有要事需要谈判的时候，我的焦虑都会达到顶峰。我说话很快，会出人意料地跳转话题，语出惊人。正当我要越扯越远的时候，我突然表现得非常内向，尽情展示我的脆弱。如果你准备开始批评我，我会打断你，开始批评我自己。（有人将此称为"小技巧"。我们第一次见面过半时，他就打断了我。他说我看起来是如此害怕被拒绝，以至于我把每次互动都看成生死攸关的魅力攻势。在他眼里，我无情的话语让我显得非常无药可救。他把我的支票还给我，并祝我一切都好。）

关于"小技巧"最好或最坏的一点是什么？人们每次都吃这一套！

几杯酒之后，乔伊斯和我马上变成好朋友，我们谈论着除了那本书以外的一切话题。我们在莫斯科骡子店吃晚餐，成为那种"你得看看这顶我买的可爱的帽子"那样亲密的朋友。在她的房间里，乔伊斯给我一瓶她的香水，我很喜欢那种香味，但这只能在巴黎买到。我告诉她，她虽然穿着像春天的衣服，骨子里却是夏天的气质。我给她列了一个她应该穿的颜色的清单。她承认自己正在与一名已婚的作者处于婚外情的边缘，我告诉她我是一位美国总统的直属后裔。当我说我们试穿对方的鞋子的时候，我说的不是比喻。

一直到凌晨一点，我才想起来："对了，那本书！"

"你可能还没有意识到，"乔伊斯优雅地切换到了她编辑的大脑，"但是你是一个作家，你要像作家一样思考。对，我想要《弗拉德女孩》的画作，但是我也想看到你的文字。这本书会以文字为主，还是绘图？我不知道。每本书都应该有自己独特的一面。我给你完全自由的创作，把那些画用上。"她指着我的脑袋，"把绘画里的那些东西……转换到文字的页面上。”

我不知道是她说服了我，还是我说服了她。但是，当我从她那里出来的时候，我签下了一本书。

“我真的见过你的妹妹，”斯宾塞非常沮丧地说，“她很美丽，她过去常常来办公室……”

“你一定是认错人了。”我露出了一个肯定的微笑。

斯宾塞看起来很难受，像《异形》里那个因为变异而开始打嗝和口吐白沫的怪物那样难受。等了一会儿，他举起了他的手指。

“你好，”他对路过的服务员说，“麻烦你，可以给我们买单吗？”

“现在？”汀宝还没有吃够他的薯条。

“我们等会儿买一盒带走。”我说。

我没有妹妹。

我没有妹妹。

“炸薯条带走就不好吃了。”汀宝说。

“你们慢慢坐。”斯宾塞说，“我得找到去雕塑公园的路，和我的策展人开一个会。”

感谢上帝，斯宾塞不知道我们就住在离雕塑公园三个街区的地方，那个公园就是我中午遛悠悠的……

“我们也要去那里！”汀宝打断了他，“我们可以载你过去。”

我看到了斯宾塞眼里的恐慌。

“不，亲爱的，”我对汀宝说，“斯宾塞是个大忙人。现在我们应该回家看狗狗了，你明白的。”

“我可以给你看看我画的艺术品！”汀宝对斯宾塞说，“然后，你可以给我看看你画的艺术品！”

汀宝的声音带着一丝丝撕裂般的悲伤。

斯宾塞等于一只困兽。

今天早上还躺在床上的时候，我已经把过好这一天的标准设置得无比之低了：只要直视人们的眼睛，打扮好，微笑。这应该跟在交通不拥堵的星期天开车一样顺畅自然。然而，爱作怪的现实出现在了我前面的垃圾车上，并开始向我扔西瓜。而现在，连下午一点钟都还没到呢!

今天，我至少履行了对汀宝的诺言。今天我会努力让他开心的。

我望着斯宾塞非常绝望的眼神。

“好吧，”他说，“我想一会儿我可以跟你们一起走。”

“耶！”汀宝哭喊着。

“算我欠你的。”在我们离开餐厅的时候，我低声对斯宾塞说。

“都扯平了。”他紧张地说。

我用力地打开了前门，用像唱“群山因为音乐而充满生气”[①]那样的力气，但我只是想抢先一步进门，检查厕所的马桶是否已冲干净。难得斯宾塞还崇拜我，我不想让他看见我们家的马桶里满是尿

① 《音乐之声》主题曲的第一句。

而毁了他对我的好印象。

猜猜谁没有在门口等我？悠悠。它甚至没有从它的床边抬起它的小下巴，只用它那水汪汪的、像是被利用一样委屈的小眼神望着我。

“你看看这里的景色多好！”我一时糊涂地说，好像我是第一次来这间公寓的斯宾塞。

斯宾塞忍不住被这落地窗所吸引，还有窗外卡通一般的西雅图全景——被雪覆盖的雷尼尔山、体育场、水边的摩天轮、安妮女王山、太空针塔、太平洋科学中心的拱门和艾略特湾的集装箱货船。

“我们曾经因为西雅图臭名昭著的坏天气而紧张不已，乔因此说：‘我们应该给自己一点儿机会，找另外一个阳光普照的地方，以防我们因为天气想不开而谋杀或者自杀。’”我得停止说话！

我快速地跑进厕所，冲了马桶（救场成功），整理了一下自己混乱的思绪。

“这里是魔法产生的地方，”我向斯宾塞展示我由餐具室改造成的工作室，“或者没有魔法的地方，这取决于当天的心情。”

斯宾塞往里探了探头。这个空间几乎放不下我的绘画桌，从地板到墙上再到天花板都挂着各种照片、从杂志上撕下来的图像、给自己的笔记，还有一些七七八八的饰品。在地上，我用来参考的摄影书堆叠到腰那么高，还有一个大玻璃水壶里保留着我用过的所有彩色铅笔头儿。

“感谢上帝，你是个艺术家。”我跟斯宾塞说，“大多数人参观这里都以为我是蝙蝠侠。”

斯宾塞忍不住仔细看了一下我现在进行的项目。我正在为特柳赖德电影节工作，围绕一个“白杨树上的结看起来像眼睛”的概念发挥我的创意，或者其他什么的。桌上散落着电影胶片条、我在易趣上买的玻璃眼珠，还有一本绝版的赫伯特·拜尔[①]的摄影书。

“想想做你多好！”我说，“在一天内参观了我的车、我的公寓和工作室。这感觉就好像跳过了第一和第二垒，直接上了第三垒！”

斯宾塞转过身。

“如果我在这里让你不自在了，”他说，“我可以离开的。”

“别走！”我尖叫道，甚至吓到了我自己。

乔和汀宝的早餐盘子还在餐桌上——吃了一半的吐司和喝了一半的橙汁。

“这里看起来就像庞贝古城的最后一天一样乱！”

“你和你妹妹，”斯宾塞悄悄地说，“我不知道你们之间发生了什么，也不关我的事，我也不是要批判你，但是你可以停止了。”

“停止什么？”

“你们为什么吵架？”汀宝问。

“我给你看看我的画作吧，怎么样？”斯宾塞跟汀宝说。

我匆忙躲进了乔的办公室。自从《弗拉德女孩》第一次得到瞩目以来，一直只有我孤身一人。我的身体了解这一点，不由自主地

① 奥地利和美国著名的平面设计师。

陷入乔的皮革椅子里。

这摊狗屎！

一股低能量压着我，我的呼吸放慢了。我把我的脸埋入了我的蜘蛛网一样衰老的手指里。

艾维，不管什么时候想到她，第一个画面总是她的社交账号的头像，二十多岁，微笑着，对世界充满好奇。她一生下来就无条件地信任他人，一直信任着，看到其他人故事里善良的一面和他们的好心好意，认可他们想要被认可的那一面。她的皮肤像瓷娃娃一样，你可以看见她精致的下巴线条，以及皮肤下蓝色的血管。她静静地说话，吸引别人进一步靠近她。

我常常好奇，艾维是否从我们的母亲那里学到的这一切，因为妈妈自始至终都只会轻声讲话。母亲的朋友吉吉每天从学校里接上我和艾维去医院。妈妈的声音一天比一天虚弱。

直到有一天，站在学校门口的是爸爸。

那时候我九岁，艾维五岁。

我对母亲死亡的记忆（不是死亡本身，而是之后的那段日子）是一团麻木的乱码，充斥着我父亲的不知所措以及她朋友们虚情假意的哀悼。

尽管过去了四十年，这些回忆里让我最疼痛难忍的还是关于艾维的部分。

妈妈死后的那个星期一，她的朋友举行了一个怀念她一生的活动。那时候，百老汇还没有那么火爆，他们租借了贝特 · 米德勒那时正在上演单人剧的明斯科夫剧场。在舞台后面的阴影里，有一个巨大的机械臂，那是用来辅助贝特 · 米德勒登场的。

爸爸、艾维和我都在中间的过道里接受人们的慰问。灯光闪烁中，神父凯得尼走向麦克风。

但剧场里甚至都没坐满四分之一。

“我们要不要等等，等大家到了再开始？”我问爸爸。

“这是一个大剧场。”他说。

我们坐了下来。

我开始颤抖。这就是他们想要她被记住的样子吗？他们就是她戏剧圈里的朋友？一个牧师，在一个借来的舞台上，对着一群空荡荡的座位，在另一个女主角的演绎下发表演讲？

我的母亲不是让他们这么羞辱的，她是我的。她是优雅而高贵的，她上的是瑞士的寄宿学校，会给我们做精致的小杯芝士蛋奶酥，为德国摄影师做人体模特，给我们的房子点缀新鲜的花束。

我转向艾维：“我们走吧。”

“我想看表演。”

我把她拉走了。我们坐在大厅里天鹅绒的椅子上昏昏欲睡，直到风笛把我们叫醒。

爸爸无法面对他们曾经共眠的床，所以晚上睡在沙发上，但是那原本是我们家猫的地盘。那个纪念会之后的早晨，我们三人沉默地吃着别人带来的食物（那些奇怪的食物装在我们不熟悉的瓷碗里，什么东西吃起来都不是妈妈的味道，这只加深了我们对没有了她的世界的恐惧。牧羊人派用的是汉堡肉，而不是羊肉；烤宽面条有肉桂的味道；通心粉和奶酪有豌豆及火腿块）。在我们强迫自己进食的时候——只有我和艾维在吃，爸爸吃了一口后，露出了感兴趣和乐观的表情——猫跳上了沙发，蹲在爸爸昨天睡觉时头枕的地方，然后直直地盯着我们，尿在了那里。这种有针对性的邪恶报复，就好像小南瓜在说："你们觉得你们已经够难过了吗？看我让你们再难过一点儿。"

我猜爸爸必须得把他的愤怒和恐惧发泄出来，但最好是发泄在猫身上而不是我们身上。但是，我那时候应该早点儿把艾维赶出去。

那天下午，吉吉和妈妈的另一位朋友艾伦来我们家了，但那时，爸爸带着我和艾维去公园了，他从来没有带我们去过公园。

我们回家的时候，吉吉和艾伦已经走了，沙发不见了，小南瓜也不见了，跟妈妈有关的一切都被搬走了：她衣柜里的裙子、抽屉里叠的毛衣和丝绸围巾、架子上的帽子、首饰盒、化妆品、香水。在地上有四个盒子：两个写着埃莉诺，两个写着艾维。

那天晚上，当爸爸还在床上打呼噜的时候，我把那些盒子搬到了垃圾通道旁，直接扔进了焚烧炉。（纸片上的那些亮片和珠子的残影还让我心有余悸。）

一周后，爸爸开车把我们带到了科罗拉多州，他没有告诉我们那是单向的旅程。他认识的一个女人在阿斯彭有第二套房子。（爸爸是她房屋的日常维修和修理工，作为交换，我们可以住在客房里。在二十世纪七十年代，阿斯彭是一个时髦的前矿业城镇，有着世界上最细腻的雪，吸引了成群结队的得州人来滑雪。你能看到牛仔帽子和牛仔，这可比见到玛丽亚·凯莉和发生六次墨西哥暖流容易。）

在纽约的时候，爸爸在家里装了音响系统。他希望也能在阿斯彭装上音响。

从那之后，我知道了，很多赌徒因为深陷债务，必须用工作来偿还。

爸爸第一次离开我们，是我们在那里度过的第一个冬天。“你可以照顾你妹妹吗？”爸爸问我。这是一个奇怪的问题，他说如果我们需要任何东西，只要在卡尔的药店里记账就好了。（关于爸爸的一切事情，都像一个缺了很多片的拼图一样。我能猜到当时最接近的情况，应该是他开车去拉斯韦加斯下超级碗的赌注。）

他消失了九天，艾维和我在客房里生活。（“来，让我们到监牢里去。我们俩将要像笼中之鸟一样歌唱。”这是妈妈生前在我们睡前背诵的《李尔王》里的台词。）那时是一月，每当校车放我们下来之后，我们会去卡尔的药店，像小偷一样窜进那座房子。那时太阳已经落山了，我们会打开所有的灯，点火，看电视，狂吃药店才卖的硬糖、品客薯片，还有在收银机旁边的货架最顶端的水果。

几天以后，艾维生病了，而且病情越来越重，38.8 摄氏度的高烧，湿热的咳嗽，还伴着让我耳朵生疼的呻吟。我们连一个能看病的儿科医师都没有。如果我打 911 求救，警察就会知道我们被单独放养了。我们会被社工带走，而且很可能会被分开。我在给学校的请假条上伪造了爸爸的签名，用卡尔货架上所有能买的药片来照顾艾维：阿司匹林、薄荷膏、润喉糖、喉咙喷雾、苯海拉明、止咳糖浆——这些我都不清楚是什么的药至今还让我心有余悸。我每天回家都祈祷艾维还活着。

她一直都活着，而且想知道学校里发生的一切（她才六岁，被一个四年级的小学生抚养着）。我不敢告诉她真相。我是一个有雀斑的红发胖女孩，刚从纽约搬到镇上，对于学校里的坏角色来说，我这个插班生就是诱人的猎物。每次下课，我走在小路上，他们都有可能把我推进池塘里。我不敢反抗，因为他们把我的背包里塞满了成堆的雪，他们称之为"洗雪澡"。

但是回到家，向艾维诉说故事的时候，我都是故事里发狠话的人，嘲笑那些恶霸的外表，攻击他们的名字，嘲弄他们的智商。"你真是一个糟糕的人！"作为我唯一的观众，艾维会边笑边说。

但她知道我不是一个糟糕的人。

许多年后，当我们二十几岁，走在麦迪逊大道上，艾维曾牵起我的手，只是轻轻地牵着。不管我们之间发生了什么事，当我出乎意料地被她牵着的时候，我对她只有温柔的感觉：那一天，她牵着我的手。

现在，当把艾维从我记忆中抹去，我成了一个真正的骗子。我是一个在世界上冲锋陷阵的怪人，为老相识表演作秀。

坐在乔的办公室里，一种有毒的感觉在我的肚子里炸裂开，惭愧、渴望、后悔，你能说出的所有糟糕的感觉，都在那漆黑的一团里，从里面腐蚀了我。

艾维触发的记忆，忍不住引起了我的一阵恶心和软弱。我的感觉怎么这么糟糕？这不像我。这种感觉从未在体内升腾起来，有着锋利的边缘。我应该认识到这个问题，然后将它从我身体里分离开，像是不属于我一样。

闻汤汤，冷汤汤。

我倒希望现在的我还是我。艾维离开了，去过着有愚蠢的表象、可笑的价值观的生活了——

我制止自己再往下想。

我不应该这么想。我的职业曾经占据了我生活的大部分。我的生活曾经是光荣的，充满了丰盈的快乐。我曾经很健康，汀宝曾经也很健康，乔也很健康。我曾经被爱，可以作为一个艺术家影响世界，曾经有一本图画回忆录要写。

就算我跟我的妹妹处不来，又能怎么样呢？这个世界上，有一半的人都跟自己的兄弟姐妹处不来。

我站起来，依然有一点儿发抖，准备离开，然后停了下来。

在乔的桌子上，有一个类似望远镜的东西，灰色的，有半个法棍那么大，在蹲着的昆虫腿上，朝着窗户。

多奇怪啊！

“我想看看！”汀宝进来了，斯宾塞也跟着，他的脸上贴满了小花贴纸。

“走开。”在他的手能拿到之前，我用屁股顶开了汀宝。

“你真坏。”

“出去，出去。”我把他们赶进了客厅。

“妈妈，我们能用你的电脑看手杖视频吗？”

“我必须得走了。”斯宾塞说。

“等一下。”我关上门。

我走到乔的桌子后面，把我的手别在背后，像反向祷告一样，凑近了这个物体。

在灰蒙蒙的公寓中，远处一艘漂亮的黑色游艇进入了我的视野，这个焦段刚好能看清船艏。

我走向窗户。在去好市多超市的路上，我从来没有想过，这一片工业海滩上有一个码头。

嗯，一艘船。

我往后退，却一不小心撞倒了一根靠在墙上的枣树枝。这根枣树枝高度及腰，边缘带有三角形的尖尖，锋利得犹如鲨鱼的牙齿。成百上千交错着的树叶在顶端摇曳着，像是一个史前的啦啦球。

★

乔去土耳其做挛缩手术的时候，将它带了回来。在那里，他遇到了一个男人——这个男人和他的盲父穿越了伊拉克的沙漠，只是因为听说美国的医生可以让盲人重见光明。他们从家里的枣树上砍下了一根结满果实的树枝，作为给乔的医药费。乔向他们解释，他不是那种贪财的医生，但他们还是坚持让乔吃他们种的枣，因为那果实的甜蜜可能会让他改变主意而收下这份礼物。

乔带着这枣枝转了四次飞机，这样他就永远不会忘记这些人了。“我想要忘记他们！”当乔告诉我这个哀伤的故事时，我哭了起来。“把这个东西拿走！”他曾经把这个树枝带到工作的办公室，结果露西把它扔了出来。最后，它又回到了这里，躲在角落里。

我回到了客厅，在乔的餐桌上的位子上坐了下来。我移开了餐盘。

“在那里，他们都在为 H&M 做衣服。”汀宝的声音从他的房间里透过门缝传了过来。

“我可以理解你为什么感觉不好了。”斯宾塞的声音。

“咚咚咚。”是悠悠，它站在那里，眼神昏暗却充满希望。

“不管我说什么，”是汀宝的声音，“派珀都假装她知道得比我多。我告诉她我有多讨厌迪士尼公主——”

“你喜欢迪士尼公主。”我大声说。

“我从来没有喜欢过她们！”他大声回道。

“万圣节的时候，你扮成加斯顿，而加斯顿喜欢贝拉，所以——”

汀宝的门被甩上。

我把我的额头放在桌子上，这桌子比我想象的要坚硬而且冰冷。

我张开我的手臂，就像乔上午做的那样。不舒服，这绝对不是一个你会觉得自然的姿势。但是这说明了什么呢？我沮丧了。我一个人。我很受伤。问我发生了什么事吧。有人会帮我吗？

我坐起来。悠悠跑了过来。它竟然还敢摇尾巴。

“走开。”

“我知道，是不是？”汀宝从他的房间里说。“我知道，是不是？！”斯宾塞回答说。“我知道，是不是？”汀宝打断他。“我知道，是不是？”斯宾塞又说。来来往往，一直到它越来越快，我几乎期待着他们把这个短语变成一首迪斯科舞曲，但最后却变成一串咯咯的笑声。愿上帝保佑这个同性恋和年轻人，或者同性恋和同性恋。

“我们一起面对现实吧。”我看着悠悠说，“谁想去散个步？”

听到了“散步”这个魔法词语，悠悠开始汪汪叫。

“没错！走吧，查理 · 特罗特。走了，小饼干。我们走了，悠悠桑。走了，悠悠亲亲。”

“它叫悠悠。”汀宝冷静地说，斯宾塞站在他身边。

“我爱怎么说就怎么说。”我说，“当我紧张的时候，我可以给狗起各种花名。”

“你有什么需要紧张的？”汀宝问。

“很多事情。”我说。

斯宾塞吐了吐舌头。我们就这样走出去，开始面对今天的下半场。

“好吧，让我们把这些事情都解决了。”当我们沿着陡峭的斜坡走下去，秋天的风吹过的时候，我也许说了这些话，或者没说。奥运雕塑公园曾经是一个受过污染的工业区，现在被设计成了无可挑剔的海滨公园，充满了各种喧嚣的活动。

能坐满一公交车的孩子在理查德·塞拉[①]铸成的生锈的坑里玩捉迷藏；恋人们在一件巨大的亚历山大·考尔德[②]的雕塑的影子里盖着毯子欢笑；一个自行车俱乐部在克拉斯·欧登伯格[③]的打字机橡皮擦雕塑旁休息，忙着往他们的嘴里灌水；有唐氏综合征的青少年紧握着有绳索的手柄，当他们路过路易丝·布尔乔亚[④]的黑色大理石眼睛时，鸣着喇叭；游客们拍着照，假装他们手中握着太空针塔一样。到处都是雕塑，异想天开或令人费解，富有挑战性或简单可爱。

它们靠近彼此，生锈的牌匾上刻着那些闻名遐迩的西雅图和其他地方的捐赠者：盖茨、艾伦、赖特、雪莉、本纳罗亚。

空气中混合着享受艺术的愉悦气氛，让我忍不住想：这些有钱人，你不得不爱他们！

“我们晚点儿见。”斯宾塞说着跑远了。如果不停下来，他估计会一口气跑到加拿大，我也不能怪他。

---

① 美国极简主义雕塑家。

② 美国雕塑家。

③ 瑞典裔美国公共艺术大师。

④ 法裔美国艺术家。

汀宝和我沿着宽阔的小道前进，曲曲折折地走到了水边。

“我很抱歉听到派珀的事。”我说，“这些事情你需要跟我说。如果你实在不想说的话，那是另一回事。但是，拜托，我们可是好朋友。”

汀宝把他的头塞在我旁边，让我的手抱在他的肩膀上。

“妈妈，”他说，“你最喜欢哪个季节？”

“这还不明显？春天。”

“我最喜欢冬天。”他自豪地说。

“冬天？”我说，“喜欢这个季节很奇怪呢。”

“因为有雪呀。”

“你什么时候见过雪？”

“记得有一次，爸爸那个拥有萨利斯旅店的病人给了我们一个免费的房间，我们在那里醒来，非常安静。然后你说，打开窗帘。那时候外面在下雪，我跑到外面，穿着我的睡衣打滚，然后用舌头舔了雪花。爸爸和我还堆了一个都是树叶的雪人。我以为有蜜蜂叮了我，结果只是冰掉进了我的拖鞋里。”

“为什么这样好玩的事，我们没有多做一点儿呢？”我说。

“因为你不喜欢寒冷的天气。”

哦——在我能平静地向自己开枪之前，我拉起了手刹，让自己陷入失望之中。

我们走了一会儿。

“妈妈？”汀宝说，“派珀·维尔用了一个脏字来叫我。”

“她叫你什么？”

“我说的话，就说了一个脏字。”

“告诉我第一个字。”

“奶。”汀宝的声音裂开了。

“奶！”我说，“一个三年级的孩子叫你‘奶’开头的脏字？”

“对啊，奶牛。”

“奶牛？”

“你笑什么？”他说。

“对不起，这不好笑。但这非常令人震惊，而且也很粗鲁。”

“这说明我很肥。”汀宝说。

“哦，亲爱的，别这么说。”

“你得改一下我的裤子。”

“我不接受你的其他样子。再说，你很快就会像豆芽一样疯狂地长高了。”

“我希望真的很快。”他说。

“当我有你这么大的时候，我爸爸带我去买衣服，我都得在矮胖区买呢。”

“谁想出的‘矮胖区’？”

“我不知道。”我说，“一些格伦伍德斯普林斯市的糟糕商店里，有一个区域专门立一块牌子，上面特别标注着矮胖区。”

“可怜的妈妈！”

八岁。八岁是人一生最好的年纪。

“那是困难时期的事情了。”我说，“这么说吧，我还是幸存了下来。”

悠悠从黄杨木里伸出头来，吃掉了半个墨西哥卷饼。如果这条狗有什么才华的话，那就是它能把头从灌木丛里钻进去，然后从另一边伸出来。它把外面包裹着锡纸的卷饼一起吞下了。

“妈妈！”汀宝哭喊了出来。

我把手伸进悠悠的嘴里，拉出一团锡纸并扔进了垃圾桶。慌慌张张的悠悠把它的注意力都放在我身上。

“没有吃的了！”我用一个拉斯韦加斯的毒贩一样的空手拍掌招数向悠悠展示我的手，但没有意义。

“走吧，我的笨狗。”我扯了皮绳，它扯了回去，我用脚轻轻地推它。

“不要踢它！”汀宝又哭了起来。

“那不算踢。”

人们没有停下来看我们，但是他们肯定放慢了速度。

我们到达了山底，看着两侧骑自行车的人，穿越了自行车道，走向一片通往水边的草坪。

一块草坪被写着“警告”的胶带圈了起来。在里面，有两块镶了框的玻璃，装在了与视线平行的栏杆上。

“里面是在干什么？”汀宝问。

好像我应该知道这是什么似的。

一个穿着画家裤子和T恤的人蹲在了什么上面，背对着我们。

在他的旁边有一个堆满了工具的黑色塑料手推车。

突然，一阵水流从我们头顶喷了过去，射向了玻璃。那个工人跳到了另一边。

在我们后面的是斯宾塞，他拿着那根水管。

“你们找到我啦！”他说。

左边的玻璃因附着水珠而闪闪发光，而右边的那个……

“这个有高科技的防水层。”斯宾塞说，“水会马上反弹。”

我走过黄色的胶带摸了摸玻璃，还是干燥的，真神奇。

“当西雅图艺术博物馆找我来做一个户外作品的时候，我想，太好了，我得搞一搞‘雨’这个概念。我记得你搬到了这里，所以就这样啦。”

“我？”

斯宾塞用手示意我过去。一个工人一边用牙齿叼着水平仪，一边把一个牌匾固定在一个水泥的桩上。

“野心家还是艺术家”

斯宾塞·马特尔

1977 年生于美国

如果斯宾塞追求的是我震惊和愉悦的表情的话，那么我一定展现出来了。我转过身。在一个玻璃框中，雪松在水珠中摇晃；另一个玻璃框中，画面清晰。

“‘野心家’是那个被雨水覆盖的画布，”我说，“它被情绪扭曲了；‘艺术家’则是那个有着一样画面，但已经从自怜中逃脱出来的形象。”

斯宾塞的双手以惊人的速度摸到了他的脸：“你能让我听起来更伤感、更同性恋一点儿吗？”

汀宝听到了这句话，倒吸一口凉气。

“这就是艺术家做的事情！”我到底在跟谁说话？“看看四周，这里有一切灵感的来源——浩瀚的天空、湛蓝的水、渡轮、帆船、山脉，无处不在，每个角度看上去都不一样，还有好几百个人，这里很美。汀宝，过来。”我显然在跟他说。

他本能地向后退了一步。

“看看艺术家可以把一切当作灵感，你看过这么丰盛的素材吗？”我抱起我的儿子，这样他的视线才能与玻璃框平行，“这是艺术，只要在附近放上一个画框，签上你的名字，就可以让作品替你说话。”

“听你妈妈的话。”斯宾塞说。

“在库伯联盟学院的时候，我必须得上摄影历史课。”我说，“那个曾经拍了很多姐妹的摄影师是谁？二十世纪七十年代的？那些姐妹看起来好像排成一排的圣诞贺卡？”

“尼古拉斯 · 尼克森，”斯宾塞说，“《布朗姐妹》。”

“谢谢！我那时候对摄影有一个很严肃的疑问。当我们讲到尼古拉斯 · 尼克森的时候，我跟我的教授说：‘这太随便了，我也可以拍出这样的照片。’他说：‘但是你没有，尼古拉斯·尼克森做到了，而且他签了自己的名字。这就是生活和艺术的区别。’”

“然后他一遍又一遍地做到了。”斯宾塞说。

“他坚持去做，”他说，“然后就变成工作的一部分。”我转向汀宝：“我不想向你剧透人生，但是亲爱的孩子，生活是一段漫长的逆风。要做出任何影响，都需要自我约束疯狂。世界将会与你为敌，它会怀疑你的意图，误解你，让你充满疑惑，让你自我毁灭——天哪，我为什么可以让这种事情听起来如此动人和自我呢！世界是什么呢？它对任何人都毫不关心。”

“说得很对。”斯宾塞说，“但是你有一个愿景，你在这个愿景周围放上一个画框，签上你的名字。这是一步险棋，也是飞跃性的一步。疯狂的地方在于：你认为有人会在乎。”

“妈妈，你一直在说同样的话。”

“我让你尴尬了，对吗？”

“别这么说。”

为了火上浇油，我扭起了屁股，想着我这样的舞步正好——

我的眼睛锁定在了有水痕的玻璃里的什么东西上。

它完美地被框住：是那艘游艇。

那个码头到自行车车道，步行只需要十分钟。

“斯宾塞，”我说，“你可以看着汀宝吗？”

“哦，策展人在亭子里等着我呢。”

“我一会儿跟你说。”我说，“汀宝有我的电话。”

“妈妈！”

我递给汀宝我的挎包：“口香糖、化妆品，都是你的。”

“哦。”他聪明地把挎包搭在肩膀上，“你走吧。”

这艘游艇是世界上第三大游艇，属于靠天然气而富得流油的臭名昭著的俄罗斯寡头维克多·帕斯捷尔纳克。上个月，在夏威夷的时候，一个妓女因为嫉妒他的另一个妓女，往他脸上扔了一个黑海胆。他及时用手挡住了它，但那些有毒的尖刺正好刺进了他的手。当他的手开始肿胀的时候，他直接来到了西雅图，因为他听说过“那个神人”。

“一个抵御海胆的伤口！”乔接到电话的时候特别高兴地说。

但是维克多生活在一个“八分钟”信条下。他有足够的财富，对于任何他不想做的事情，他都不会在上面浪费超过八分钟，这包括在医院就医。因为对最近安德森·库珀[①]对于抗生素耐药性葡萄球菌感染的报道的过度害怕，所以维克多将他游艇上的迪斯科房间改造成了手术室。他请乔去游艇上，向乔展示他所拥有的最先进的医疗设备，并宣布那里就是乔将要进行手术、修复他的那只被妓女用海胆刺伤的手的地方。乔没有疯，他犹豫了。

维克多坚持要这么做。他的手术设备是在西班牙的路易斯·罗格韦博士的监督下安装好的，那是一位专门为欧洲球星做换膝手术

① CNN 新闻主播。

的著名医生。作为他的好友，罗格韦会派他的护士前来协助乔。那个护士是一个美丽的西班牙女人，身高不低于一米八。

乔思考了一下。这么做是够大胆的，但是够道德吗？没有法律规定你必须在医院里做手术，何况乔已经在海地、印度和埃塞俄比亚的泥土房屋里完成了上百场手术。虽然保险公司希望一切手术程序都在医院里完成，但是这位大佬挥霍无度。当乔听到自己答应的时候，对他来说，那是灵魂脱离身体的时刻，一个他始终不是很理解的时刻。

维克多还有另一个规定：乔得保证在术后两周的恢复期内没有任何其他安排，这就是为什么乔让他的员工都休假了。

乔为什么没有告诉我？他知道我会有很多负面意见，而谁第二天要在一个陌生的迪斯科房间里做手术前，还想听到这些意见呢？他已经做出了决定，把所得的钱捐给慈善机构，然后回来再嘲笑我。

手术的那天，乔切开了维克多的手，取出了海胆的尖刺，并修复了损伤的肌腱，其间，没有发生任何意外。在缝合之前，乔希望给缝合线消毒，他指示西班牙护士打开紫外线灯，但她的英语太糟了，因此开错了开关。一磅重的闪粉倒在了手术台上，接触到了维克多被切开的手。在经过十五分钟关于闪粉可能带有的各种肮脏细菌的指责、恐慌的讨论，以及来自巴别塔（大部分都是病人本人）的咒骂以后，有人发现止血带已经绑了太久，以至于维克多的手开始泛白了。乔被全副武装的保安反绑着双手从游艇上押送下来。

几天以来，他一直试图与维克多取得联系，但是对方切断了与他的联系。乔那两周正在跟水手队比赛（那时快十月了，所以正是季后赛）。他买了一台高功率望远镜来监视游艇周围的情况。昨天，一个来自国家医疗委员会的黑色轿车抵达了码头。想起这一幕，乔开始反胃，以至于他在餐桌上低下了头。

我疯了吗？

乔没有为俄罗斯寡头在游艇的迪斯科厅里做手术！

没有完美得几乎满分的西班牙护士协助他进行手术（我在哪里想到这个主意的，罗伯特·帕尔默[①]的视频？），他们中也没有人意外地用闪粉轰炸了整个手术！

从夏威夷航行到西雅图要好几周。

医疗委员会没有黑色轿车。

水手队根本没有机会进入季后赛。

我这个女巫简直昏头昏脑。

到达码头的时候，我意识到那艘“游艇”根本不是游艇，而是一艘很好的鱿鱼船。我怎么知道那是一艘鱿鱼船的呢？因为一辆来自蕾妮·埃里克森的餐饮帝国的面包车停在码头。一个文着文身（还有其他类型的吗）的厨师跟一个渔夫为了一个厕所那么大的海洋生物讨价还价。

① 英国歌手、作曲家、音乐家和唱片制作人。

自行车骑手像发光的云一样呼啸而过，差点儿撞倒我。我站在自行车道的中间，毫无头绪，心已死，时间和空间的流逝都奈何不了我。悠悠叹了口气。

“我们都很失望。”我对它说。

乔会不会在看船后面的什么东西？不，在那些窄小的航道后面只有一排波浪形的建筑：一个海员供给房、一个海军加油站，再后面是一家好市多超市。

我坐在护栏上，悠悠把它的前腿放在我的大腿上，等着我抚摩它的头。

我现在知道的是：乔跟办公室里的女孩们说他要出城两周。斯宾塞今天打给乔办公室的电话已经让乔处于危险的边缘。

但是今天上午，他的脸朝下对着餐座。他一定每天都去了哪里，但谁也没有告诉。在某个时刻，他还会用望远镜瞄着一个精确的位置……

这太可笑了。我打了乔的电话。

响了一声以后，他就接了：“嘿，宝贝。”

“乔，”我平静的声音背叛了我的心，而我的心已经碎了一地，“你在哪里？”

“办公室，怎么了？”

“哦。”

我忽然意识到我并没有害怕这样的场景，反而很希望这样的场景出现。我已经准备好了像晚上十一点的派对一样跟他大闹一场，摔碎几个盘子。我从来没有想过能被他这样平静、清晰和充满信任的声音欺骗。我想说这样的事情从来没有在我身上发生过，但是我恶心地知道这已经发生了，包括八年前，在面对我妹妹艾维的时候。那是我对她的最后印象——冷酷的背叛。但是现在，乔也背叛我了吗？如果在这个世界上还有任何事情我可以指望的话，那一定是乔不是个骗子。但是现在，他正在对我说谎。

悠悠拨弄着我的大腿，我停止抓它的头。

“就想跟你问个好。”我用了跟他一样漫不经心的口吻，让他发出了一声无聊的叹息。

“一切都好吗？”他问。

“你懂的。”我说，“我自己就是一座地狱，没人在这里，只有臭鼬。”

“我是不是说过……”他说。

“我今天去学校接汀宝了，这是个漫长的故事，廉价的衣服，孟加拉国的工厂，还有一个姓维尔的对手。”

现在这个时刻，简直比真实的场景还逼真！那是如此奇特与未知，正在走向崭新的方向，我们是两个骗子，我近乎感觉与乔更亲密了，以一种奇怪而刺激的方式。说谎，难道是中年人爱的方式？

“我晚上再跟你细说。”我说。

“我这里有一件事情有点儿麻烦，”他说，“我可能要晚点儿回家。”

许多年来，我一直都在编写关于乔惹恼我的事情的列表，我想着那些万一他决定要离开我的时候，也能彻底离开我的生活的事情。我称之为“感恩列表”。

每次当我离开浴室，要求乔给我递一条浴巾时，他总是给我湿的浴巾。

他从来没有主动提过要遛悠悠。他会遛悠悠，但是每次都先把我气成泼妇。

当我们一起出去吃饭的时候，他总是把他没吃完的晚餐券放在他的袜子里，这样就不会浪费了。

之前说到的晚餐券会放在他那一侧的床头柜上，一直到一周以后他才会注意到它们的存在，到了那时候，他就会把这些已经变成石头那么硬的小卷递给我，让我“把它们用了”。（因此，我们家面包布丁出现的频率很高，可怜的小汀宝才会那么胖。）

每次我们去看电影，因为放映其他的预告片而导致电影晚开始十五分钟，乔都会发疯，给我看他的手表，告诉每个在电影院里的人这个电影应该是什么时候开始播放的。

当我们开风扇给房间散热的时候，他坚持要将风扇头指着房间，而不是往房间外吹，这看起来就是错的。

他在我做的任何食物上都放辣椒酱，就连华夫饼也不例外。

★

我的“感恩列表”是用来自我保护的。从乔在圣马可广场的

Dojo 餐厅里对我说了“我爱你”之后的第二天，我就开始做这个表了。那时候，餐厅里正在播放鲍勃·马利的《传奇》(二十世纪九十年代的纽约，这张专辑每时每刻都在充当背景音乐)。

那天早上，乔五点半要到医院，他已经洗了澡，默默地换了衣服，然后坐在我的床边——坐在了我的脚上开始穿他的鞋。我不想让你认为我是一个彻头彻尾的记分泼妇(实际上，我是这样的人，但是，我有更好的证据来证明)。乔坦诚地承认他“本质上是自私的”。这是他有一次去看心理医生时，收到的唯一见解。(我在二十年里看过九次心理医生，每次都问“等等……你说什么”。)乔的自私是由于他生在有七个孩子的家庭所导致的。当桂格麦片从杂货袋里拿出来的时候，孩子们都会用疯狂的速度消耗它。乔跟另外三个兄弟分享一个房间。不管是掌控电视遥控器的权力，还是一个能独自阅读《花花公子》的角落，大家都会争得头破血流。自然，这样的过错只能归于天主教会提倡中低产阶级像啮齿动物一样繁殖，从而振兴教会的排名等。

另一个能列进“感恩列表”的项目是：乔不能再对抗宗教了。

实际上，在 Dojo 的晚餐，不只是因为信奉拉斯特法里教的鲍勃·迪伦[①]唱着“我会爱你，每天每夜”启发乔说出了那开启我们命运的三个字，更多的原因是我们当时对于《新约》的讨论：

乔：这是一首打油诗，夸大了一种不稳定的狂热情绪，由一群

① 美国创作型歌手、作家、视觉艺术家。

相信天堂就在他们百尺之上的无知的人编写的，句句都是。就像当基督再生的时候，他无法上升到超过七层楼的高度一样。

我：谁在乎？

乔：那些我浪费在听这些矛盾的蠢话上的时间啊，那些我原本可以用来完成其他事情的时间，我可以学一门新的语言，或者学习如何制皮革。

我：我也是按天主教的方式被养大的，你知道吗？当时我只有七岁。他们正在教我们关于鱼和面包的故事。我举起了手，说："这件事不可能真的发生。"布里奇特修女不开心地回答道："信念需要保持一颗童真的心。"我说："但是我就是一个小孩呀。"她回答："更小的小孩的心。"我想，真是废话，然后再也没有回去看过。

乔：所以你就这样变成无神论者了？那还在教会学校对你来说会不会很痛苦？

我：我那时候的态度就是"我们别谈了，就假装谈过这件事算了"。

乔：我爱你。

我：（我明白这有点儿突然，而且不能算数，但是对于这些事情，你只能也跟上脚步）我也爱你。

一周前在阿迪朗达克的时候，我可能就已经陷入了爱河。《路珀沃什》的创始人维奥莉特·派瑞租了一座湖边的房子，邀请所有的动画师和他们的另一半度过一个集体的亲密周末（我那时候刚遇见乔不久，新的工作伙伴和新的另一半＝双重可怕）。那是国庆日，有传言说，如果我们登上山脊，就可以看到镇上另一边的烟花。到了晚上，我们才发现，小屋里十几个手电筒没有一个能用。我们抱怨着，又在门廊边开始了一个美丽的酒精夜晚。乔没有出现，我发现他独自在厨房里，拆开了手电筒，把它们像手术器械一样摊开。他换灯泡，擦洗生锈的电池，将锡箔叠成小方块。他如此全神贯注，如此能干，如此吸引人。这就是我陷入爱河的时刻。我没有开玩笑，三十分钟里他已经修好了十个手电筒。当我们开始向森林走去时，维奥莉特指着乔，对着我无声地说："留着他在身边吧。"

我是不是已经失去了他？他是不是有别人了？

悠悠的眼睛已经闭上了，它的脸朝着阳光。这么一想，它还真是挺没用的。真是谢谢了，乔，你为了另一个女人离开了我，让我背叛了我的狗。如果杰瑞·加西亚[1]还活着，没准他可以为此唱一首歌。

渔夫帮着有文身的厨师把鱿鱼装入冰柜。我看到他们在看着我，他们是不是在谈论我？我向他们点了点头。他们又继续他们的交易。

我重新读了读我的"感恩列表"。哦，又可以加一项！乔在我睡觉以后还会读书。不管我怎么折腾和翻身、看时钟、把枕头放在头上，他都不会关灯。当他终于关灯的时候，他还会把书压在我身

① 美国音乐家。

上，而且那并不是薄薄的诗歌集，而是温斯顿 · 丘吉尔的传记。温斯顿 · 丘吉尔的生活非常充实。

面包车的车门被关上，渔夫走了，厨师走到面包车的另一边。我们的目光相遇。我盯着他，他也盯着我。我并没有意图想要与这个人发生什么，但是这也有点儿奇怪……

然后他向我走来，带着感兴趣的微笑。

我一天没有扎头发，就发生了这种事？一个火辣的厨师，明知道他的面包车后面还有一条鱿鱼，还会大胆地穿越停车场，和一名中年妇女搭讪？

这个勇敢的新世界来到的时间再好不过了。

“我得问一下。”他说。

“我得回答一下。”

“这是什么种类的狗？”

原来我跟篱笆一样不引人注意，而这就是当你失去性欲以后会发生的事情。我可以穿着米色的裙子，放下我的头发，明显地调情，但当真的谈到实质的部分，我却什么都没有。这个上午，乔还在说悠悠“我知道它想从我们身上得到什么，我只是不知道我们能从它身上得到什么”，他一定不仅仅在谈论我们的狗。

我把皮绳交给了厨师。

“它是个混血种。”我说，“你想要它？给你好了。”

“哇！”他说，“不用了，谢谢，但是它确实很可爱！”

这样一来，我的绅士搭讪就宣告结束了。

这并不代表我自己没有一箩筐的毛病。尽管乔在他的“不满清单”上关于我的条目远远超过我罗列的，可能包括的缺点有：

我有一次在马桶上吃了一个吉事果。

我用了太多牙线。

我在床上用牙线。

我带着我的狗进浴室，就是为了给它洗澡。

我去看电影时，吃第一口爆米花的方式都是伸出舌头往爆米花桶里沾，粘在我舌头上的就会被我吃掉。乔总是说他不想吃爆米花，因为它们太咸了，所以整桶都是我的，那为什么我不能用我想要的方式吃呢？

我把焦糖牛奶糖扔进爆米花里一起吃。

实际上，我把焦糖牛奶糖咬成四块，然后把它们吐进爆米花桶里，所以它们看起来更小，达到了一个更好的爆米花与焦糖牛奶糖的比例。是的，它们都被我的口水覆盖着，反正是我的口水。

我可以理解为什么有人把手伸向了爆米花，然后又说他们不吃爆米花，因为我的口水可能是问题之一。

乔不会对我说这些，因为他是个绅士，但是我会。我看起来越来越糟糕，两颊凹陷，背很干燥，阴毛有晚餐盘子那么大，我的核心竞争力没有了。更年期意味着你的新陈代谢几乎完全停止，而且要丢失百分之三十的肌肉群，而我在更年期之前也完全没有肌肉群，却越来越需要它们。说实话，我命悬一线。没错，乔在早餐时花更多的时间面对桌子，但至少他还跟我在同一个房间里。

就连悠悠也被这炎热的太阳晒得无聊了，打了一个小小的哈欠。

加油，感恩列表，发挥你的魔法！我这么多年不是白养你的！这个想法的起源是当乔终于按下弹出这段婚姻的按钮时，我也能感觉自由。有点儿像那些剪短发之后洗的第一个澡，穿上新的气垫跑鞋迈出的第一步，从另一个更新、更好的镜头来看世界……

这有可能发生吗？我这几年来一直疯狂向他下的迷药已经失去了作用吗？

是我的错吗？是乔的错吗？是时间的流逝吗？是我太累了，以至于没有小心维护我们的感情吗？今年早些时候，我告诉学校里的一位母亲，我已经结婚十五年了。她问："你们保持这么长久的婚姻的秘诀是什么？"我想了一会儿，说："保持结婚的状态。"

我在漫长的婚姻里找到了快乐吗？还是投降了？还是幸福就是在于投降呢？

我们的婚姻故事就在我们公寓的每个相框里：乔和我坐着豪华长轿车出席艾美奖。乔住在芝加哥期间，我让人照了我们站在赛·托姆布雷[①]的"牡丹"系列前的相片（之后，乔在博物馆的礼品店里找了一枚戒指，在雕塑"云门"前让我嫁给他）。我们的婚礼在马撒葡萄园岛维奥莉特的后花园里举行。感恩节的时候，我在家生下了汀

① 美国抽象派艺术大师。

宝，背后的电视里还播放着《点点隔世情》在梅西游行[①]的表演。乔开华莱士手术中心的第一天，是汀宝第一天上幼儿园。

但是站在十月的微弱太阳下，我们婚姻的另一个故事显现出来。好像是这些年，乔和我没有意识到的一切微小瞬间，都被摄影师拍了下来……

乔和我在床上安静地阅读，汀宝在我们脚边玩乐高玩具。

我看着窗户，看到乔和汀宝经过太平洋科学中心步行回家。

我站在盖勒街的草坪上淋着毛毛雨，提早来接汀宝。

悠悠在客厅里打鼾，那么大声以至于我们都睡不着。

我们三个人坐在波蒂奇湾餐厅外面的人行道上，等着叫我们的号进去吃早午餐。

那些都是幸福。那些并不是被刻意记录下来，然后挂上相框的重要时刻，却是身临其境的时刻，是我们记忆犹新、特别开心的时刻。但是现在，回头看看那些幻影一般的相片，我震惊于曾经无拘无束安逸的生活。

我在回忆里是开心的。

哦，乔，带我回去，我保证每周与你做爱两次，再也不在厕所里吃吉事果。我会珍惜所有安静的时刻——

嘿！这可能吗？阿隆佐独自走在横跨艾略特大街的人行天桥上。我看着他走下楼梯，走向好市多超市的停车场。

---

① 纽约梅西百货每年感恩节举行的游行。

这下完美了，我要为我称他为“我的诗人”而道歉。

阿隆佐已经换上了红色马球衫和牛仔裤，但是他坚毅的表情和硕大的骨架就算离这么远也难以认错。

“我们走吧！”我对悠悠说。它猛地从睡梦里惊醒，我都害怕它会撕裂自己的肌肉。

好市多停车场边缘的车很少，悠悠的狂躁变得绝望，我把它绑在一个空的购物车上，并用我的手指把空气切成薄片一样坚定地指着它说：“你，在这里等着。”

阿隆佐的拖把头在停车场远处的车头上移动，并停在了一个装满了小包万寿菊的架子旁。他轻轻地回头笑了一下，目光波澜不惊。我需要更像诗人一样。

阿隆佐发现了地上的一些东西——我看不见那是什么——他弯腰捡起来，然后消失在好市多阴暗的大门内。

这是我的好市多，而且我在这里把汀宝弄丢了好多次。寻找移动目标的技能，我已磨炼过好多次了。我的秘诀是什么？把这个地方当作我画的房子，然后用X射线扫描来考察，而不是用我的笔。

当我进去后，沿左边的墙慢走，查看右边的走廊。当我走到左上角时，我经过了葡萄酒区，然后左拐，进入了卫生纸区，但还是没有看到阿隆佐。

★

我上一次来这里是一年前。我花一个多小时，把我的购物车堆得非常高，简直就像碰碰车一样，需要有一只手在顶部护着才不会有东西掉下来。我找到了结账的队伍。一种慈悲的感觉涌上我的心头：为什么那位女士需要那么多红葡萄酒？那个男生买六加仑的威士忌做什么？为什么有人要买一百把梳子？那个胖女人真的需要一个塑封机器吗？她不能去金考打印店吗？为什么大家都穿着短裤？感谢上帝，我不是他们之中的一员！我和我备受好评的新西兰长相思白葡萄酒、新鲜的菠萝、椒盐开心果、十二包牙线——购物车里的东西清晰地显示了我的成熟、世故、好品位，以及闪闪发光的智慧。

我在结账的队伍里放弃了我的购物车，空着手走了出去。我对那位必须把我挑的杂货送回原来的货架的员工感到抱歉。当我意识到，对好市多来说，把我的购物车里的东西全部扔掉损耗的成本可能更低。对此，我感觉更糟糕了。

我穿过农产品区，跳楼价！好颜色！坚硬的触感！他们的诀窍是什么？种子。每个看起来不错的东西，拿回家就会发现里面都充满了种子。英国黄瓜：扁皮革种子！柠檬：每个都有五十个种子！小番茄：装满了泥泞的小种子！倒不是我不考虑在好市多买鸡肉，但是如果我真的在那里买了鸡肉以后，我可以想象得出切开鸡肉里面都是种子的画面。

一群海鹰队的粉丝挡住了我去面包区的路。一杯杯纸杯蛋糕正被推出来，盛在缩水的包装纸里，蓝色的糖霜上点缀着绿色的“12”[①]。过道另一边，一群人正在疯抢着有教皇帽子的纸杯蛋糕，一样写着“12”。对此，你需要了解的关于西雅图的唯一事情是什么，没有人因此而被冒犯。

我走到了分发试吃样品的人前。他们坚持着他们的人物设定，没有偏差，避免视线与他人接触，就像美国版的白金汉宫守卫，前提是白金汉宫的守卫的姿势是如此凶悍，而且他们还向你灌输让你对生存怀有恐惧的思想。

“杰克奶酪，”一个女人说，“四种口味，节假日囤货的好选择。”

“油炸非鲫，”一个嘶哑的声音说，“从阿拉斯加新鲜运来，是健康营养晚餐的完美选择。今晚就试试吧，油炸非鲫……”

我的注意力被一个轻微的南方口音所吸引，我扭过头去，接着转过身去。

他就在那里，穿着蓝色的围裙和淋浴帽，指挥着一个小柜台。我的诗人，他的马球衫上别着一朵万寿菊。

“从阿拉斯加新鲜运来，是健康营养晚餐的完美选择。今晚就试试吧。”

① 海鹰队的12号精神。“12”指的是在看台上为球员加油的海鹰队球迷（美式橄榄球上场球员是11名）。而且在比赛开始前，海鹰队还有一个升12号旗帜的传统。

我被这种反差所震慑：红色的塑料托盘，有着工业洗碗机的潮湿和臭味——他如同百科全书一样对诗人和其生活了如指掌——那个烤面包炉的门上带着褐色的油渍——

“埃莉诺？”

“阿隆佐！”我张开我的手臂想要礼貌地拥抱他。

他没有挪步，低下了头：他不能从他的黑色小方毯上下来。

“这是什么？”我说着，拿起一个小杯子。

“油炸非鲫。”

“我听说这是从阿拉斯加新鲜运来的，做一顿营养晚餐再好不过了。”

“是健康营养晚餐的完美选择。”他纠正我。

我们的对话有一种简单的优雅。

“我不客气啦！”我把鱼放在了舌头上，这不是我最喜欢的味道。

阿隆佐递给我一张餐巾纸，并向我指了过道对面一个垃圾桶的位置。当我回来的时候，一个男人站在阿隆佐的台子边上，检验着这些免费食物。

“非鲫是什么？”他问。

“罗非鱼。”阿隆佐说。

“罗非鱼？”这个男人怀疑地问。

“这是一种可持续的、农场养殖的、可以代替鳕鱼的鱼种。”

“从来没有听说过。”

“它有牛排的口感。”阿隆佐递给他。

男人吃了一口："就这个？"

"我觉得吃起来不错！"我说，"请给我拿五个纸箱。"

那位多疑的顾客在我拿着我的东西的时候，摇着头离开了。

"下周见？"我对阿隆佐说。

"一样的时间。"

"哦，"我说，"下一首诗是什么？"

"伊丽莎白·毕肖普[1]的《在渔屋》。"

"好的。"我说。

有时候，即使你没有说什么，胜利也会主动敲你的窗户并宣布自己来了。这就是今天应该有的样子！我活在当下，我一直很善良，我被快乐的光环所包围。

没错，我完全忘记了要向阿隆佐道歉。但是我确实把一个可能会很尴尬的场景变成一个充满机智和诗歌的交流，还带着几分尊敬。给我多记上一分，我把世界变成比我来之前更美好的地方了。

但是首先，这些该死的非鲫怎么处理？我很确定周围没有人看到我把这五个箱子扔在了一个都是 T 恤的垃圾桶里，然后走了出去。

我走到外面，被阳光晒得猝不及防。真恶心，我离开四十五分

① 美国诗人和短篇小说家。

钟，斯宾塞一个电话都没打来，我认为这是一个小小的奇迹。这躯中年肉体并不想做大家都不想看到的一幕：一路跑回雕塑公园。

"埃莉诺！"阿隆佐跑了出来，拉着他的蓝色围裙，好像被蜜蜂攻击了一样，"等等！"

"阿隆佐？"

他终于从围裙里摆脱了出来，把它丢在了地上。他蹲了一会儿，双手交叉，这一点儿也不像运动员。

"我不能这么做，这是英语的委屈、退化。"他掏出一包美国精神香烟，拿出一支，用打火机点燃。

我没有看着他在接下来的五分钟内变成一个肮脏的、自我毁灭的吸烟者，真是巨大的善举。

"是你脸上的表情。"他第一次说。

"我的脸很平静……不是吗？"

"这样就更糟糕了。我看着你那么努力，只是为了能直视我的眼睛。"

阿隆佐把烟叼在嘴里，捡起他的围裙，把围裙包成了一个球，然后踢到附近的一个垃圾堆里。

"哦，阿隆佐。"我说。

一个像摩托车发出的吭吭声靠近了我们，紧随着一个尖尖的、严厉的声音响起来："你不想这样做吧？"

那是一个坐在轮椅上的人，身后挂着高高的安全旗。他戴着好市多的一个胸牌——吉米。他的耳朵一直垂到了肩膀，用另一边没有瘫痪的手臂操纵着遥控杆。

“你的围裙可要二十五美元的押金噢。”吉米说着，闯入了阿隆佐的个人空间。

阿隆佐继续抽烟，听他说话有一种抽离般的开心。

“我看到很多人一发火就辞职了。”吉米继续说，“通常他们把他们的围裙扔在那边的垃圾桶里。你如果不还回去的话，他们会从你最后一笔工资里扣除的。”

“谢谢你。”阿隆佐说，“但老实说，我屁都不介意。”

“嘿，”我说，“你是一个诗人，好好说话。”

“他们每天中午十二点、下午三点和六点来清空垃圾箱。”吉米说，“我看到很多人后来反悔了，但是回来这里的时候，围裙已经被清理走了。”

“我站在我愚蠢的小垫子上，天花乱坠地吹着牛，关于我要卖的鱼的故事。从阿拉斯加新运来的！运来的盒子上有冰，咆哮的水流里才能有活蹦乱跳的鱼。真的，这些打满了抗生素的罗非鱼是在别处养殖的，可能只在阿拉斯加停靠了一宿。但是，这个价格非常对得起它们的品质！美国人，你可以从他们的走路姿态中看出他们的性格。如果他们看到便宜货，他们的脚步里就会带着一些恶心的蹦蹦跳跳。”

“好吧！”我说。

“但是，看到像你这样的人吐掉我的试吃样品，真是让我痛苦。”阿隆佐说。

“我没有吐掉！”

“我看到你吐出来了。”他说，“跟昨天比起来，这不算什么。昨天他们让我推销鸵鸟干。”

“昨天那是你？”吉米的轮椅往后滑了一步，吭吭地响着。

“我没有杀那些鸵鸟，没有把它们吊起来、晒干，并切成条！我只是把它们挂出去。我是一个诗人！”阿隆佐蹲在了路边，带着好多怨气。

“你介意我们去阴影下说吗？”吉米把轮椅转了个方向，吭吭地退后了。

“在阴影下说什么？”我看着他进一步远离了我应该去的地方——雕像公园，也进一步远离了昨天的噩梦。

“我们的谈话！”吉米从好市多的屋檐下喊道。

“我们没有在进行谈话！”我说。

阿隆佐用手抱着他的头。

“好市多是唯一可以支付试管婴儿保险费用的地方，我老婆这下非杀了我不可。但是这个地方不值得我再多花半个小时。”

“走吧，阿隆佐。”我拍拍他的背，“所有的工作都是有尊严的。”

“她说得没错！”吉米从阴影下喊道。

“这份工作并没有任何尊严！”阿隆佐喊了回来，他转过来看着我，忽然一脸的困惑，“等等，你买的非鲫呢？”

“对，呃，那是挺好吃的，但是我的儿子跟一个陌生人在一起，而且一个小时以前就等着我回去了。而这条海岸线真的很长，而且——”

吉米过来了："你把它扔在哪里了？我不会告发你的，他们可以拿去解冻。"

"在一篮T恤上。"

"哦，"吉米说，"你最好带我看看。"

"对，"阿隆佐说，"给他看看。"

我站了起来。

"我发誓，"我说，"我不知道应该说脏话还是假装没看见。"

"说脏话吧。"阿隆佐说，"这并不像'苏菲的抉择'[1]那么难。"

垃圾房里还有楼梯，我拉起我的裙摆，打了一个三方结。

我从垃圾桶旁站起来，下半身看起来像甘地。

"我生活的意义，"我说，"是跟我儿子在一起。我非常需要在别人打电话给儿童服务举报我之前回到他身边。"

我抢过了围裙，将它扔在阿隆佐的胸膛上。他让它掉在了地上。

"你生活的意义，"我跳了下去，对阿隆佐说，"是在这个好市多里工作。"我把围裙绑在了他的脖子上。

"吉米？"我说。

"是的，女士！"

"你生活的意义，是将阿隆佐护送回他的非鲫展示台。"

"没有问题。"

"我是一个诗人，"阿隆佐说，"我正在写小说，叫作《万寿菊，

① 美国电影。

我的万寿菊》。当我回去工作的时候，我路过了一货架的万寿菊，有一支掉落在了地上。这是一个象征。今天开始，我的小说是第一重要的事。"

"阿隆佐，"我说，"明天再辞职，我不管。跟你的老婆好好谈谈。"

我把他推向了好市多的方向。

"回到你的黑暗平原里，"我推了他一下，说，"一切都会好起来的。"

"我的什么？"阿隆佐回头问道。

"你的小站台，你的黑暗平原……当我没说过。"

我很想告诉你，我迈着稳健的步伐跑了近八百米才回到博物馆。我的胸部晃荡着，罗伯特·克鲁伯[①]一样清瘦的小腿摇晃着，喉咙燃烧着，右脚后跟内部正在形成水疱。而且，我只跑了三十米就停了下来。

我的手机在我口袋里振动，斯宾塞一定把我的号码从汀宝的脑中成功扒拉了下来。

"你好。"

"我是在跟埃莉诺·弗拉德说话吗？"

我把我的手机从我耳边拿开。

乔伊斯·普里姆。

① 美国漫画家，非常瘦。

“乔伊斯，你好！我一直想着给你回电话！”

“我是卡姆琳·卡莉丝－斯科尼尔斯。”那个声音说，“我是波顿山的编辑。”

不管接下来要发生什么，我有一种非常强烈的不祥预感，我甚至不应该站着接电话。

我走到了一个小的渔港，一个印第安人穿着牛仔夹克坐在长凳上，带着一个无线电广播。在他的脚边有一个装满了血腥的黏糊糊东西的桶。鱼饵出售。他向他身后的空位点头，我坐了下来。

“认识你很高兴。”我对卡莉丝－斯科尼尔斯女士说。

“我打电话来是因为我们的办公室搬到市中心了。我在整理我们的文件，然后找到了一些关于《弗拉德女孩》的稿件，我想知道你想让我们为此做些什么。”

“哦，乔伊斯知道的。”

“乔伊斯？”

“乔伊斯·普里姆，”我说，“我的编辑，让我跟她说吧。”

“嗯，乔伊斯不在波顿山工作了。”所以，这大概是为什么她一直打电话来，她想告诉我她跳槽去其他的出版社了……

“她去哪里了？”我问。

“去了奈阿克的一家奶酪店。”

“哦。”

“我听说是一个很好的奶酪店。”卡姆琳说。

所以乔伊斯·普里姆没有给我打电话。我一直以为是她的来电，因为我把波顿山的座机录入了我的通信录。

这真是一个奇特的感觉，在那一瞬间我同时认识到我的事业崩塌了，也重建了一样。

“那么我的书呢？”我问。

“《弗拉德女孩》吗？”她问，“这是不是八年前就应该截稿了[①]？”

“你是我的新编辑吗？”

“我是青春小说的编辑。”

“青春小说是图画小说吗？对不起，我不明白。”

“我们不再像以前一样出版那么多的图画小说了。”卡姆琳说，“它们十年前非常流行，但是我们也有一些出版物亏损得很惨。你懂的，所以乔伊斯去开奶酪店了。”

“所以你是说，我的书被终止了？”我说，“我的预付款没有了吗？”

“我想，现在这种情况，我们还可以告你，对吧？”她说的话真有用。

“好吧。”

“我觉得不太好。”卡姆琳说，“也许这应该是一个你和你的代理人之间进行的谈话。你的代理人是谁？”

“谢里登 · 史密斯。”

① 我是不是说过已经过了截稿日期？但没想到晚了八年。不过我也的确说过，我不擅长记日期，还有数字和名字。尽管卡姆琳 · 卡莉丝-斯科尼尔斯是一个我短期内不会忘记的名字。——原注

“哦。”

“什么？”

“有人说她是科罗拉多州的顺势疗法医生。”

“她是吗？”

“出版行业。”卡姆琳说，“你应该听说过，我们现在正举步维艰。”

“啧啧。”

“你还是可以写你的书，”卡姆琳甜甜地说，“但只是不一定适合交给我们出版了。哦！”她差一点儿就忘了，“我不确定你想不想要我们把这个文件寄给你，这看起来像是合同、来回信件，还有一张你画给乔伊斯的圣诞贺卡，你用《路珀沃什》的小马代替了驯鹿，这里没有圣诞老人，你用了一个我已经不记得名字的卡通人物——”

我把我的手机扔进了鱼饵桶里。

我感觉有人把目光聚焦在我身上，是那个印第安人，他看起来很困惑。

“坏消息？”他问。

“坏消息。”我说完走开了。

我的牛津鞋沿着雕塑公园的小路弯弯曲曲地走向山顶的玻璃亭子。我的身体已经麻木了，轻得像羽毛一样。周围的人和雕塑越来越密集，一直到我被各种野餐、追逐幼儿的母亲和摆着拍照姿势的游客包围。

啊！我倒在了草地上，被室外这刺眼的阳光绊倒了。

“我需要帮助。”

这句话来自一个乔跟我说过的故事。他曾经在北印度做挛缩手术。那天，他食物中毒，一整晚都在酒店房间内厕所的大理石地板上发烧、呕吐、发汗、腹泻，任何一个你能说出的身体的孔都在向外排泄着东西。他呻吟着：“我需要帮助，有没有人能帮我？”作为一个医生，乔知道他不需要帮助，他的身体反应只是单纯地因为有只虫在身体里，而他越快将虫排出体外越好。但他还是不断重复念叨着：“我需要帮助，有没有人能帮我？”他说了一遍又一遍，后来他开始大笑。第二天早上，他在自助餐厅里无意间听到别人的谈话：“你昨天有听到一个可怜人的声音吗？我希望后来有人去帮助他。”

我讨厌这个故事。乔是我领导式的旅行者，不是那个在印度的厕所地板上赤裸裸地大笑的人，不会对着空气无奈地大哭。

我一直到现在都强迫自己忘记这件事情。

★

我从草地上站起来，跑完剩下的路，我的屁股下跑出一片红色的印记。

亭子的玻璃呈现完全的反光状，倒映着桦树叶的橙色。低层云从天空中掠过。在一片墨水一样混沌的剪影里，我认出了背对着我的斯宾塞。

一个写着“关门装修”的门被打开了。

斯宾塞的脚下是一条被各种艺术形式拼接起来的可移动毯子，旁边是一个戴着蓝色橡胶手套的男人，嘴里还叼着水平仪，一个灰色头发的老女人穿着小丑图案的紧身裤，用夸张的手势说话。斯宾塞转头看到我，给了我一个非常恼火的眼神。

烦恼的他还真是优雅呢！

我发现汀宝在角落里，双腿不可思议地盘在下面，全神贯注地检查我挎包里的东西。

汀宝和他的橡皮泥、可爱的小肚子、纸飞机和倒写的 Y，以及他对冬天、碳水化合物、大理石轨道和拐杖的爱，只是为了让他更好地理解糟糕的成人世界。汀宝，我的母亲在我像你这么大的时候去世了并不是你的错。你不知道，对我来说，你跟我待在一起的每一分钟都是天赐的礼物。我不能吸取教训并不是你的错。这就是汀宝读 *Archie* 的原因！那里面的人物接下来要做什么，大家心知肚明，那是一个保证所有问题都只发生在非常微小的范围里的世界。而我要如何告诉你，人是不可预见的，人生是混乱的、虐心的、残酷的呢？就算事情发展得顺顺利利，它也永远不会如你所愿让你开心。但是当事情不顺你意的时候，你的路途将无比颠簸，一个无法撼动的不公正可能会与你一辈子如影随形。我会向你展示什么是善良，给你带来你喜欢的雪花——

“妈妈？”汀宝的手里有串钥匙，还带着婴儿牌子的挂绳。

黛——尔——菲——恩。

那串我在学校里偷的钥匙，我完全忘记它的存在了。

我快速向他走去。

我的余光看到了斯宾塞脸上的恐惧，那个安装工人和那个嬉皮士老女人的嘴巴一张一合，像在向我警告些什么。

但是我需要从汀宝手中拿到那个可怕的名字。

我抬起头，正好看到一块像霉菌一样斑驳的祖母绿色的平板金属。

咣当一声，在我跌倒前，我听到的最后一个声音是汀宝的。

“你拿黛尔菲恩妈妈的钥匙做什么？”

第四章　身陷烦恼的抒情诗人

在埃莉诺遇见巴克之前，她听过关于他的传说。

巴纳比·范宁是新奥尔良两个最优秀的家庭联姻生下的唯一后代，在花园区一个极具标志性的、所有游客都要停下来驻足的豪宅里长大；未来，他将继承家里的糖和棉花产业带来的巨大财富；他青春期里大多数的时间都花在与上流社会女子的社交舞会和每个夏季的出国旅行上：这是真正的南方绅士才做的事。

但是巴克总是拒绝餐厅给他的第一张桌子，他随身携带一个口袋计算器，这让他可以严格按照百分之十二给小费。当他从范德堡大学（以全 C 的成绩）毕业之后，他的父亲温柔地把他逼出了家里，结果他搬到了家里的马车房，因为没有其他地方更适合他的性格。他运动的时候，从头到脚都穿着普拉达；每个季度都要像朝圣一样到达拉斯的尼曼百货进行购买，由夏博诺奶奶付款；就算只是感受到了一点点羞辱，巴克都会马上进入暴怒状态，脸红、结巴，以至于在另一头挨他骂的人都会忍不住关心起他的健康；在假期的时候，巴克会站在垃圾桶上，往下倒没开封的圣诞贺卡，同时在心里记下寄件人的名字；他从来没有在没问过有谁会到场的情况下接受别人的晚餐邀请。巴克·范宁从来没有写过感谢信。

他的生命里曾经出现一个女孩，出身于一个更杰出的家庭。他们俩若是结合，对于巴克来说就像拿下当地社交圈的重量级冠军的头衔。巴克在走廊里梦想着他们的婚礼，以及之后在一起生活的时光。那个女孩比他小五岁。巴克上杜兰法学院的时候，女孩上巴德学院。女孩第一次来过感恩节，巴克在夏博诺奶奶的大宅子里筹备了一个正式的派对，邀请了一百个当地的杰出人物出席，还有一个摄像师在现场捕捉美丽的瞬间。但女孩和巴克的感情状况有点儿让人摸不着头脑，当晚她挽着男朋友的手臂进场。这个男人是个电影演员，姓盖斯勒，不是德国天主教。大家认为巴克大概永远不会从这种公开的羞辱中恢复过来，的确，他从杜兰辍学了。

现在，巴克大多数的日子都在法国区的威廉姆斯研究中心，远离了剪不断理还乱的夏博诺家族。他在一个早晨光线充足的图书馆二楼工作，中午则走到阿尔诺或者加拉特瓦餐厅吃午餐，那是镇上仅有的两个允许他心爱的博美玛丽·玛吉坐在他的腿上与他一起用餐的地方。

除了写作和担任当地慈善机构的董事会成员以外，巴克还参加克豪斯的舞会。克豪斯，或者被称为“克鲁”，是新奥尔良最精英的社交俱乐部。巴克的父亲曾经是克豪斯舞会国王，他的母亲也当过克豪斯的舞会王后。巴克曾经被叫到每一场舞会里，当他长大了以后，他当选为队长。国王虽然表面上看起来风光胜过队长，但是巴克很快就指出，国王只是做做样子，而队长才能实施真正的权力，尤其是在会员资格、舞会排练、邀请函、花车设计、慈善款项等上。在“旺季”，也就是每年八月到来年二月，与舞会相关的派对每周平均举行五次，在狂欢节则达到高潮。五花八门的克鲁会员在花车上通过法国区，抛掷珠子，扰乱公众秩序，直到每年的出道舞会时才关起门来消失在紧闭的门后。俱乐部拥有严格的等级制度，保密、排他，同时有着行使特权的传统一面，它贯彻着巴克的统一理论。

有时，巴克对出道舞会的热情类似于二十世纪八十年代的浪漫喜剧里的婚礼策划师，像放开了自我的一个神经兮兮的人，但新奥尔良过度溺爱这些怪人：斯库格一家曾经有一个祖父，他坚信美国还在内战，每天沉迷于派遣同伙的胜利当中；有一个尼斯里家的女孩在整个二年级都把自己打扮成小流浪汉；范宁家特别宝贝的儿子对出道舞会很痴迷，但从来不会陷入爱河里，他会嘲笑某些笨拙的舞者，通过座位图确定每个人出道的分数，虽然这对他来说没什么区别。

“我爱这个人！”埃莉诺从《路珀沃什》办公室的灯箱里抬起头来，对莱斯特说。

“他真的很棒。”莱斯特说。

故事由莱斯特·刘易斯提供，因为他曾经在范德堡大学与传奇般的巴克共处一室。埃莉诺聘请莱斯特为她的助手，他是一个细致的草稿员，曾经在肯塔基州的纯种马农场长大，但害怕小马。他是那个负责给《路珀沃什》的小马添加野性性格的人。

“呃，”埃莉诺把纸上微笑的米利森特的眼睛擦去，“我总是画不好眼睛。”

那是二〇〇三年，《路珀沃什》还有一个月才开播，但动画师们已经在布隆街十号的一个阁楼里为此埋头工作两年了。埃莉诺有自己的办公室，但是她喜欢在“牛棚”，与她纽约的团队肩并肩工作。

“你朋友巴克有什么讨人喜欢的地方吗？”埃莉诺问。

莱斯特不得不考虑一下：“他挺忠诚的。”

“但是你不是真的欣赏他吧。”埃莉诺把米利森特的眼皮画高了，想给她加上一点儿“微笑的眼睛”的样子。

“我们是忠实的朋友！”莱斯特哭了起来，“我们每天都聊天。”

“他知道你在背后嘲笑他吗？”

“我都当着他的面嘲笑他！”莱斯特高兴地说。

埃莉诺的团队正在进行颜色校正，做最后的微调，并在第一季里放了一些有话题性的笑话，为第二季准备动画笔记，以及画第三季的脚本。这是一个高压力的工作，要求每天十八个小时趴在绘图板上，一周七天，假期都得取消，就算住在城外的父母来拜访，也只能在高级的餐馆被放鸽子，自己的婚礼也被推迟，孩子的出生也错过了。

在最后截稿期限的束缚中，团队必须换上一个无坚不摧的地堡一样的心态。动画师要和电视台执行对抗，与反复无常和薪酬优渥的写手对抗，与没能力又腐败的匈牙利人对抗。

动画师一天的亮点是在午餐后，莱斯特从他和巴克的每日电话谈心中回到办公室，并为我们详述其中诱人的细节。接下来的一个小时里，一种平静的心态会在“牛棚”里散播开来，动画师通过他们的绘图板仔细分析巴克。

他们爱他吗？恨他吗？他们在无休止的辩论中感觉到了无比奢侈的快乐。

如果有机会听听他的想法就好了！

埃莉诺建议他们让管电话的工作人员把莱斯特的电话加到她办公室的扬声电话里，这样一来，所有的动画师都可以聚在一起听莱斯特和巴克的对话。

“求求你啦，”埃莉诺对莱斯特说，“他是我们唯一的精神慰藉了。”

一个匆忙的请求就这样提交了。

★

巴克没有让人失望。

“我的每一个毛孔都很生气。”巴克在家里享受过丰盛的午餐后，躺在沙发上。他的声音很自信，而且奇怪的是完全没有口音。

埃莉诺给莱斯特递了一张小纸条：为什么他没有南方口音？

莱斯特点了点头，向埃莉诺眨了眨眼。

“巴克，”莱斯特说，“有一天晚上，我开始向某个人解释你对南方口音的想法，但我唯一记得的是，你说它违背了逻辑。”

“南方口音是乡巴佬的标志。”巴克任性地说，“任何接受过正规教育的人，不管他有没有踏出过南方的地界，都不会像 Jubilation T. Cornpone[①] 那样到处说着不得体的话。如果真的有人那么做，那一定是假装的。拜托，我没有心情去炒这种明显是事实的冷饭。我刚刚被邮递员女士气得都要晕过去了。”

“你没有开玩笑吧？”莱斯特说。

“你知道的，我有一个邮箱是专门给马车房寄信件的。上周，我留下了一个便条说明，从那个时候起，所有发给巴纳比·范宁的邮件都邮寄至此。结果每天这个邮箱都是空的。今天我正好遇到了她，她说法律上规定，任何写着 2658 号公馆的信件都不得不放在我妈妈和爸爸的信箱里，如果我想要把邮件放在另一个信箱里，我需要一个不同的地址。她建议我去市政厅，并把马车房指定为 2658-A 号。你可以想象这种事情吗？！巴纳比·福琼·夏博诺·范宁，2658-A！她显然什么都不懂。”

（这种巴克哲学渗入了《路珀沃什》。在第二季第二十集里，善良而耐心的警长乔什拒绝逮捕一名偷走女孩石头打磨抛光器的漂流者。维维安生气地大闹一场走了，对乔什说：“她显然什么都不懂。”）

“也许是这样的情况吧。”莱斯特说，“如果你在圣诞节的时候给

① 音乐剧《亚比拿奇遇记》中的人物，是一个南方联盟的军官。

邮递员女士更实际的钱，而不是转手别人送你的百花香，她应该会更容易接受你的请求。”

“我想明年我可以给她一些洗车的优惠券。”巴克干巴巴地接着说。

“这个家伙，真是太让人上瘾了！”埃莉诺在他们挂断电话之后说。

二月马上要来了，这种期待变得更加明显了。不是期待《路珀沃什》的首映式，而是期待狂欢节，以及指望巴克乘坐在克豪斯的车上，他真的能做出那些听起来就很虚假的噱头吗？

“我站在这里，穿着白色紧身衣和闪闪发光的鞋子，我的金色薄片短裤、丝绸面具和头发假发——”

（什么是一个头发假发？没有人知道是谁在白板上乱写的。）

“——把珠子往低处的人群扔，我和移动厕所的蓝色墙壁有十米远，整个家族都会穿着他们的杜斯·麦卡利斯特[①]运动衫、短裤，剪着十八美元的发型，从他们的草坪椅上弹起来，打翻他们的炭炉。他们回头，像麻雀宝宝一样张开嘴巴，手指抓住空气，希望能够幸运地投掷。”他暂停了一下，让自己沉浸在美好的记忆中，“我知道林德伯格[②]一定感受到了什么。”

① 新奥尔良圣徒队前跑位。

② 美国飞行员。

埃莉诺的丈夫乔路过，带她去吃午餐。他进入办公室的时候，正好是巴克的独白的尾声，受到了一连串猛烈的让保持安静的嘘声。

当电话结束时，房间里爆发出充满胜利的呼声。

“巴克，”埃莉诺向乔解释，“你非得爱上他不可。”

“真的吗？”

★

一个星期后，动画师又挤在了埃莉诺的办公室里。

“你的决定性胜利马上就要来了，刘易斯先生，”巴克在扬声器里说，“我们的计划是什么？”

“埃莉诺会在她的家里给我举行一个聚会。”

“你老板，埃莉诺？”从扬声器中听到了一丝吸气。

“你感冒了吗？”莱斯特问道，朝着所有激动的动画师眨了眨眼。

“她姓什么？”巴克问。

“弗拉德，”莱斯特说，“她和约翰·泰勒总统有关系。”

“一个直系后裔？”

“她母亲的名字叫苔丝·泰勒。”莱斯特看着埃莉诺，确认这是正确的信息，“埃莉诺的公寓里有约翰·泰勒的一对短筒手枪。”

“美国总统的直系后裔混在娱乐圈里？我必须目睹这样一个耻辱。通知她，我会参加她的小庆祝会。”

这可是克豪斯队长，骑着他的彗星来到了纽约市。埃莉诺的团队做出了所有野兽般的动画师都会做的事情：他们设计了一个赌注。

每个人都下注二十美元，谁能画出最接近巴克形象的人物，谁将赢得所有的钱。（网上还激烈地辩论为什么《路珀沃什》“吉他禅”那一集表现得如此散漫无章。答案：巴克·范宁。）

大多数人想象中的巴克是树墩那样的矮子，有的是系着蝴蝶结的老式绅士的样子，有的是苍蝇环绕的愚蠢乡巴佬的样子。埃莉诺画的巴克，普通身高、秃顶，光着脚穿软皮鞋，下身穿着羊毛裤，上身穿着几个扣子没扣的大花衬衫，配上围着肩膀的薰衣草色的羊绒毛衣。她还给他画了一副镜片带着渐变颜色的超大古驰飞行员眼镜。

这一天来了，巴克走进埃莉诺的办公室，这是巴克本人。

他毫无疑问是高大帅气的——完美的皮肤、性感的嘴唇、浓密的鬈发。（莱斯特坚持认为巴克是非常吸引人的。“那为什么没人约他？”埃莉诺问。“他不想约会。”莱斯特解释说，“他想要一个不会离开他的人。”）

巴克外面穿着一件黑色的飞行员夹克，里面搭配黑色的水手领口的羊绒衫和黑色丝绸 T 恤，脚上穿着带有红色普拉达条纹标志的齐脚踝的黑色靴子。有那么一点儿可笑，还好我们知道巴克是一个没有工作的社交残疾人，否则，他看起来就像苏豪区街头上任何一个有钱的时髦人。

更重要的是，巴克给人留下了深刻的第一印象。简单来说，他不胖。他提醒了埃莉诺在雨季里木瓜是怎么膨胀的，又或者格雷格·冈贝尔[①]看起来像是灌了自行车气的布赖恩特·冈贝尔[②]。

巴克的目光立即注意到了电线篮里的一沓二十美元。

“你们下了什么赌注？”他问。

大伙用惊慌失措的眼睛看向埃莉诺。

“没有什么赌注。”她回答得太快了。

“这里肯定有一个赌注。”巴克平静地说。

埃莉诺旁边的沙发上有一个堆满了蜂蜜芥末椒盐脆饼干的咖啡滤纸。她伸手拿了一块。巴克离开埃莉诺，点了点头，就好像他已经知道了所有需要知道的关于她的事情一样。他转向莱斯特。

“我在巴尔萨泽餐厅为我们预订了午餐位子。刘易斯先生，我想这应该符合你的中等标准。”

对埃莉诺来说，在莱斯特的派对上，她的小妹妹艾维；那个婀娜多姿的艾维；那个半透明的自带柔和光环的艾维（她是仙女，而埃莉诺只是地精）；那个九年级就长到了一米八高的艾维；那个在高中毕业前的一周跑到巴黎和日本做模特，但在纽约这座模特才能真正成名的城市，却没有被好运气眷顾的艾维；那个跟随一位表演导师去了伯克郡，最终被教唆进了一个邪教组织，又被埃莉诺和她当

① 美国电视台体育解说员。

② 美国电视台记者和体育解说员。

时的男朋友乔救出来的艾维；那个奇迹般地拍摄一组迪奥的广告，导致有一个夏天，她的形象满地铁都是，但讽刺的是，因为一个庞氏骗局失去了她因此所得的财产和她的童年朋友的艾维——“但是朋友就要互相帮助呀”；那个搭便车到特柳赖德参加一个死藤水仪式，结果却与一个名叫梅斯特·迈克的萨满同居了三年，这个萨满接下来成立的宗教包括肥胖是女权主题的议题教、有毒的双亲教以及如何治愈你的羞耻之心教；那个曾经拿到按摩师的认证但又辞职了，因为不良能量的转移会使她变弱的艾维；那个在任何小麦过敏或断糖饮食的人出现之前就对小麦过敏并断糖饮食的艾维；那个拒绝吃肉，因为对她来说吃肉就像咬着尖叫的小动物的艾维；那个不吃坚果，因为病毒喜欢寄居在坚果上的艾维；那个皮肤干燥、眼窝下垂、不能摆脱愤怒和干咳的艾维；那个被埃莉诺的现任丈夫乔一眼就断定是贪食症的艾维；那个去第二大道上一个饮食紊乱的诊所后，被迫吃涂了牛肉酱的白馒头，最终倒在了亚麻油色的地板上的艾维；那个现在为埃莉诺最喜欢的《路珀沃什》的头号写手维奥莉特·派瑞的丈夫大卫·派瑞——一个摇滚乐经理——接电话的艾维；那个现在已经健康地活到了三十三岁，虽然这个实际年龄比她的行为作风老多了的艾维来到了莱斯特的派对上。这样的艾维遇见了巴克，迷住了巴克，跟着巴克回到了圣瑞吉酒店，第二天跟着他回到了新奥尔良。

一年后，他们结婚了。

订婚派对在新奥尔良举行。

乔的规则之一：你在一个新城市，应该做的第一件事就是搭乘公共交通工具，他和埃莉诺在一辆拥挤异常的电车里逛完了圣查尔斯。远处的橡树像是长了一块西班牙苔藓，但走近看只是狂欢节留下的弹珠，已经有几个月了，深陷在了那里。

埃莉诺和乔在第三大道跳下车，穿过马路。范宁的豪宅位于这条街风景优美的湖畔另一边。

2658 号公馆覆盖了整个街区，它铁铸的栏杆被巧妙地铸打成甘蔗茎的形状。一块牌匾诉说着家庭的历史，但是外面天色太暗了，他们难以读清上面写的是什么。

豪宅里面有灯光。埃莉诺在门口犹豫了一下。

自从她听到巴克在飞往新奥尔良的飞机上向艾维求婚后，这种难以置信就一浪接一浪地朝她涌来。（“我所求的只是你喜欢生蚝，”他告诉她，“但是我不喜欢生蚝。”“总有一天你会喜欢的。”）埃莉诺星期一去工作的时候，她的咖啡桌上还放着那堆二十美元纸币。没有人有心情证明自己赢了。这个笑话也不好笑了。

莱斯特大气地走进了埃莉诺的办公室：“他们还是很有可能成不了——”

“我为他们高兴。”埃莉诺说，继续回到工位上，“你出去的时候可以关上门吗？”

豪宅大门缓缓打开，一个穿着燕尾服、戴着白色手套的白发黑人出来迎接他们。他是这里的管家塔菲的丈夫。他们俩是范宁的第二代仆人，也很可能是第三代的。现在巴克已经从纽约回来了，除此之外，还带回来一位新娘。

埃莉诺和乔进了门，大厅里充满了穿着舞会礼服和燕尾服的人。正当一个恍然大悟的“哦”要从埃莉诺的口中挣脱出来的时候——她穿着平底鞋和一件来不及熨、皱巴巴的及膝半裙——一杯冰镇薄荷酒被送到她的手上。这个突如其来的雾面银色的玻璃杯给埃莉诺的脸上带来了一丝笑容。

“埃莉诺！乔！”艾维穿着褶皱的青柠色带着橙色花朵的雪纺礼裙——袖子像马蹄莲一样。她转了一圈，展示她的裙子：“一九七二年，莉莉·普利策设计的！它原来是巴克的母亲的。你知道吗？如果你喜欢什么东西，东西的主人必须把它送给你。这是南方的规则。”

艾维拉着埃莉诺的手，把她介绍给了周围的人。那种无力感还在，但潜在的不可预知感不见了。不，她被巴克宠爱着——毫无疑问，她备受宠爱。他柔情的凝眸，交谈时的相视而笑，他的前臂正好搭在她腰部的曲线上——这些都磨平了艾维的棱角。有人可能会说她变得软弱了，但南方是一个适合软弱的好地方。

政治家、石油大师、律师、历史学家、运输巨人和无所事事的人：只要一个人喜欢艾维，完全接纳她，他就可以与埃莉诺和乔建立关系。埃莉诺从来没有感觉到这么有趣。反过来，那些和她说话的人也变得迷人了，这种和谐的氛围在空中不断螺旋上升、上升、上升。空气中弥漫着的友善和笑声令人感到舒适，不像在纽约的时候，正在和你说话的人，永远都在扫视着房间里有没有其他更好的谈话对象。比如一个星期前，在福克斯电视网的派对上，詹姆斯·布鲁克斯[①]走到一个《辛普森一家》的写手身后，把话正说到一半的埃莉诺推开。埃莉诺透过冰镇薄荷酒惊叹着。礼貌，并不是一场空洞的诡计，也不是误导别人的，而是一种深刻的慷慨行为。

严厉的奶奶夏博诺坐在拐角处，双手坚定地握在手杖的长柄上。她找了个时机向埃莉诺招手。

“你是她的姐姐吗？”奶奶夏博诺咆哮道，“也许你可以说服巴克不要再穿得像一个刽子手。”

在餐桌上，埃莉诺不停地吃着辣菠菜蘸酱，塔菲靠过来并分享了她的秘密食谱：“加点儿金宝牌的蘑菇奶油。”

巴克的母亲招呼乔过去：“这个伤口是我在口袋里划到的。”当天早些时候，她在磨割草机的刀片的时候弄伤了自己的小臂，“我的管家的背受伤了，那还有什么办法呢，雇一群园丁？我可以自己修剪草坪。”

后来，埃莉诺发现自己在派对上还是一个人。她在一个毛茸茸的爱心沙发上坐了下来。背后的枕头刚好支撑着腰部。玛丽·玛吉跳上她的腿，盘坐着。

“你好呀！”埃莉诺对这条小狗说，她被自己的大声吓了一跳。

① 美国制片人、剧作家与电影导演。

她不习惯这里永无止境地供应酒精。

粗大的皮革剪贴簿在咖啡桌上排了一排，它们华丽的封面像在渴求着被打开。埃莉诺有这个义务打开它们，第一页是一张很奇怪的照片。

克豪斯的皇家宫廷。

成年男女穿着奇装异服，面容惨淡，蜡像比人多。巴克穿着金色缎面衬衫、金色短裤、白色紧身裤，红彤彤的脸颊，戴着铂金的豪迈王子[①]的（真的头发？）假发，他的金色头饰上有像瀑布一样的鸵鸟羽毛垂下，站在看起来同样邪恶的国王、女王、伙伴和少女之间。

“这些派对从下个月开始举行。”艾维走过来了，还有巴克，“我太紧张了。巴克让我上礼仪课程，这样我就不会给他丢脸了。”

“艾维，亲爱的，”巴克用疲惫的声音说，“这不是聚会，这是一个舞会。”

“终于有人可以帮我思考所有的问题了！”艾维把头抬起来，靠着巴克。

“巴克，”埃莉诺担心说错了话，“我想感谢你让我的妹妹这么快乐。”

“如果我的生活只是为了让你的妹妹快乐，那将是我失败的一生。”巴克生气了，“直到太阳和月亮变得因艾维比它们更闪亮而羞

① 美国同名电影中的角色。

耻为止，我都不会停歇。”

“我们在飞往意大利的飞机上，他给我测量白色手套的尺寸。”艾维说，“如果你坐到前排，手套的长度必须高到肘部。你不喜欢这样的规则吗？”

“是在前排，亲爱的，”巴克说，“一个人坐在前排。”

乔给艾维起了一个昵称——“圣体光”。在某些天主教神圣的日子里，圣餐礼会展示一个如金色的阳光一样闪耀的圣体光，人们用充满崇拜的眼睛全天候地凝视着它。作为一个祭台助手，乔经常被派去看管坟墓。艾维是活生生的圣体光，她已经找到了她永恒的崇拜者。

埃莉诺的肩膀塌了下去。一些深埋在她心里的言语开始躁动。艾维会好起来的。

她们的母亲是在圣文森特医院去世的。随着时间的推移，埃莉诺已经忘了最后拜访母亲的日子。母亲隔壁床上的老人被放在轮椅上推出去进行手术，半个小时后又被推了回来，因为他们没有找到正确的手术仪器。一个深色的尿袋悬挂在床栏杆上。她们的母亲，一个百老汇明星，口齿伶俐，拒人于千里之外。在最后一次拜访时，埃莉诺带来了一张她画的画：苔丝与已经成年的埃莉诺、艾维不可思议地穿着婚纱。“这很可爱，埃莉诺。”她的母亲轻声说，“但是它不会实现。”

埃莉诺珍惜关于母亲的回忆：等妈妈来接她放学的时候，苔丝穿着舞蹈服装，戴着蓝色的毛呢帽子，带流苏的挎包在她的屁股上晃动；听着苔丝、吉吉和艾伦放肆地闲聊群舞里的其他舞者，埃莉诺不太能跟得上他们的话题，但看见他们笑了，她也很激动；那些以每个人都站在钢琴旁边唱剧目而结束的派对；康沃尔郡老母鸡做成的晚饭；奥伦纳素的脸部保养品的异国香气；她的珠宝首饰抽屉里的耀眼夺目的饰品；那个打保龄球的下午。

但这些回忆也时刻伴随着极端的罪恶。埃莉诺那时候已经记得苔丝有多么喜欢她的陪伴，记得那些一点儿也不急匆匆的时光。艾维只记得被抛弃了。

★

“请不要对我有意见，”巴克对埃莉诺说，“但未来的范宁夫人和我必须先走了，请求你们的原谅。《皮卡尤恩时报》的人已经到了。”

巴克走后，脸颊泛红的乔来了。

“哇！”他舒服地靠在一个枕头上说。

“我懂。”

“过去一点儿，过去一点儿，”巴克的第二个侄女洛林坐在了他们中间，“把那个小脏东西从你身上赶走。”她把正在打呼噜的玛丽·玛吉赶到地板上，伸手招来了香槟。

“你相信每个人都对这件事这么认真吗？”洛林指着剪贴簿。她打开了属于她的那一年，她在那里——克豪斯的女王。“看看我以前多么瘦！我知道你们在想什么，这都是有钱人的傻把戏。你没有错，但是我告诉你，这才是瓦斯弹！”

在房间另一边，巴克安排了一位摄影师为艾维拍摄。在他们背后，是一幅巴克的祖先博雷加德的画像，那位在内战时期下令开第一枪的将军。

“哦，巴纳比！”洛林用一种喜欢和不屑的语气说，“不管什么时候，他都会让你恼火。记住，他是一个身陷麻烦的抒情诗人，这是我们给他的昵称。当柯本自杀的时候，我们正开车在路上，收音机里的播音员说：‘据报道，身陷麻烦的抒情诗人科特·柯本已经去世……’这个称号就印在了我们的脑海里，身陷麻烦的抒情诗人。他不是那么糟糕的人，只要你意识到他身处的地位，会给他莫大的安慰。”

现在上的是爱尔兰咖啡，还有谁会因为知道他们在哪里而感到不安呢？那些墙纸上的鸟的尾羽像瀑布一样层层叠叠，黄油色的天花板、金色的镜子和黄麻地毯，营造出的是一种安抚人心而非自命不凡的氛围，就像这些蓝白条纹相间的爱心沙发。谁会想到蓝白条纹与黄油色、鸟、黄金和黄麻能合适地搭配到一起？但它就是可以，就像人们和你说话时，与你四目相对一样合理，就像与成年人交谈的青少年一样合理。为什么服务员不穿燕尾服、不戴白手套呢？为什么巴克的母亲和她的朋友不穿几十年前的复古裙子、暴露着晒伤的皮肤、涂磨砂的口红、穿粗跟的高跟鞋呢？为什么花园里的花、冰镇薄荷酒的瓶子和食物都很好，但不是最棒的？当迪克西兰的音乐开始演奏时，小号和小提琴的声音使埃莉诺感到困惑，因为这显然是现场表演的音乐，而不是从留声机里传来的。透过花园的窗口，埃莉诺看到了他们：穿着短袖、打着领带的黑人孩子们正在为派对演奏。他们在室外，所以音乐声不会太吵。他们可以看到里面，但埃莉诺看不到外面。为什么不这么做呢？

第二天早上，像锯齿一样刺耳的酒店电话铃声惊醒了埃莉诺。艾维忐忑不安地问埃莉诺睡得怎么样，其实她并不想知道埃莉诺睡得怎么样，巴克那时候正在对花盆套不满。

“什么是花盆套？”

“你不知道什么是花盆套？”艾维说，“这是一个可以藏东西的瓷壶。昨天晚上的冰激凌本应该用一个花盆套装的，结果它被放在纸箱里摆放在餐桌上。在今天早晨的《皮卡尤恩时报》上，你可以看到冰激凌在夏博诺的陶瓷中像野生的一样被摆放在餐桌上，那可是醉尔斯冰激凌。”

埃莉诺模糊地回忆着，当香蕉福斯特冰激凌被端上来的时候，有人问过冰激凌的事。当时，塔菲正在手脚并用地处理红酒渍，于是埃莉诺走到厨房里把冰激凌端了出来……

“我知道，”艾维说，“我们终于跌到了社交圈的底端。”

这是个笑话……吗？

“你让巴克在一个本该庆祝我们订婚的派对上看起来像个乡巴佬。”

“这就是庆祝你的订婚？”埃莉诺坐在床上，恶心的感觉在上升。

在艾维说话之前，她奇怪地犹豫了一下。是巴克在她身边耳语吗？

“这是对巴克的侮辱，”艾维说，“这是对他父母的侮辱，更糟糕的是，这是对塔菲的侮辱。”

“塔菲？”埃莉诺说，“我这么做可是为了帮助塔菲呢。”

“就是这样，”艾维说，“塔菲不需要你的帮助。”

“我很确定她不会把我的帮助当成侮辱。”

“巴克和我都觉得是。”

乔醒了，摇了摇头。

“让巴克接电话，”埃莉诺说，泪水落在床单上，“我会道歉的。”

“他不想接电话。”

“我会在早餐时亲自向他道歉。”

又是一个奇怪的停顿：“这是一个漫长的夜晚，大家都等着《皮卡尤恩时报》被送来。无论如何，这么严重的事情应该值得做出一个书面的道歉。你可以给礼宾员留下一封信。”

埃莉诺飞奔到书桌旁，打开银色的抽屉，疯子一样抓住了文具。乔穿上他的跑鞋。

“这招对内维尔·张伯伦[①]来说没有用。”他说完出门了。

---

① 英国政治家。

★

弗吉尼亚立法委员约翰 · 泰勒加入了威廉 · 亨利 · 哈里森的辉格党中，他唯一的目的是赢得来自南方的选票。当哈里森在一八四一年的冷得冻死人的一天宣誓就职的时候，泰勒出席了就职典礼。那天晚上，他回到自己在弗吉尼亚州的植物园，被群众期望着执行副总统的任务。一个月后，一封来信被亲手转交给他，通知他哈里森已经死于肺炎，这使得约翰 · 泰勒成为美国的第十任总统。泰勒，绰号“意外的总统”，心无旁骛地管理着政府。他选择不重新参加连任竞选。当他的任期结束时，他回到了自己在舍伍德森林的植物园。因为他在位期间的政绩寥寥无几，约翰 · 泰勒在历史书里主要被记住的方式是拥有最多孩子的总统——一共是十五个孩子。因为他后来被选上了南方国会议员，泰勒也以唯一一个去世时国旗没有降半旗的总统而出名。

虽然舍伍德森林对公众开放，但很少有旅行者能找到沿着五号公路——约翰 · 泰勒高速公路——开向弗吉尼亚州查尔斯城县边的潮水的好理由。令人惊讶的是，约翰 · 泰勒的孙子还活着，和他妻子住在那里。舍伍德森林公园的长屋约九十二米长，是国内最长的房子。它有一个约二十二米长、三点七米宽的舞厅，是为了跳弗吉尼亚舞而特别设计的，那是泰勒最喜欢的舞蹈。舍伍德森林面积约为六点五平方千米，里面分散着废弃的熏制肉类的房屋、马厩和奴隶住所。约零点一平方千米的梯田花园有约三十一米的木兰及枫树林，以及第一棵在美国植下的银杏树，那是佩里舰长送给泰勒的礼物。多年来，泰勒家族收到了无数的租下舍伍德森林举行私人派对的要求，他们全都拒绝了。

这就是为什么当巴克·范宁打电话给泰勒一家请求在舍伍德森林举行婚礼，并被再三拒绝之后，他乘坐飞机到亚特兰大，开七个小时的车到查尔斯城县，亲自站在他们面前请求时，泰勒一家才答应。婚礼排练的敬酒词上，这个故事一再被提起，被认为是典型的巴克作风。

“要么和大狗一起奔跑，要么蹲在门廊上。”有人说。

巴克，你真的是非爱他不可。

克豪斯的派对策划者会监督这个六月举行的婚礼的进度，她当天亲自迎接了一批到舍伍德森林的面包车，所有的东西都是从新奥尔良新鲜运去的——生蚝、小龙虾、牛奶卷，以及整个吉米·麦克斯韦管弦乐团。她还负责为新郎的一百六十四位客人和新娘的两位客人指路。

在婚礼当天的下午，艾维和埃莉诺还穿着里士满酒店的睡袍欢笑，乔刚刚从蒙蒂塞洛一日游回来。两小时以后，新娘车会将他们送到舍伍德森林。

艾维用南方腔调说话，她总是像变色龙一样容易融于新的世界。

“有一天早上，我躺在床上，你知道我最喜欢的发明就是早晨的小睡……”

艾维站在铺着昂贵的米色地毯的舞台中央，她的眼睛里跳动着邪恶的愉快。这种把任何事件变成故事的能力，是不是她从埃莉诺那里学到的？

“我发誓，壁纸竟然动了，我从床上跳下来，把我的手放在那里，竟然是热的！我发现了一个皱褶，从墙纸的接缝处拉开了墙纸。墙纸下面是泥土管道，像静脉一样爬满墙壁。我像一个青少年恐怖电影的主角一样尖叫：‘有白蚁！’”

艾维的长腿透过她的浴袍边的开衩露出来，性感得好像是摆拍一样。对她来说，这些诱人的时刻都是自然而然发生的。

“不到一个星期，我寄了一封信，邮箱掉下来了，正中街头！一群游客正在附近围观那个老牌匾，我几乎要尴尬死了。”

乔拿出一台摄像机开始拍摄，那是艾维最好的样子。那时候，有一些不好的时光，但也有好的时候。

“第二天，数以千计的白蚁聚到了马车房，聚成了一片厚厚的云，厚得你都无法看穿。那就是它们交配的方式，边飞边交配！可怜的塔菲不得不站在那儿举着吸尘器，把它们吸干净。它们飞进了她的眼睛、耳朵和鼻孔里！她从嘴巴里吐出一堆白蚁！我甚至不敢想她的头发里还有多少。你知道后来发生了什么吗？白蚁交配以后，它们的翅膀会掉下来。所以今年接下来所有的时间里，我的麦片里有翅膀，拖鞋里有翅膀。一旦我把防晒霜挤到手上，就有翅膀掉进去！最疯狂的地方是什么？你向新奥尔良的任何人提及白蚁，他们都会彻底否认：‘什么白蚁？’我们不得不打电话给灭蚁专家，因为它们已经侵蚀了大半的支撑屋顶的横梁。但是当邻居回到家门口看到他的房子前灭蚁专家的卡车时，他走过来，和巴克在前厅的草坪上吵了起来。即使这样，你提到白蚁，巴克还是会说：‘什么白蚁？’”

说完后，艾维坐在乔的膝盖上，双手搂着他的脖子。“哦，乔，”他们倒在了床上，“你总是在我身边。我就是一场灾难，但好消息是，今晚之后，我会成为巴克一个人的灾难。”

巴克进门了，不清楚他听到了多少。

他勉强和埃莉诺打招呼：“如你所知，为了保持泰勒一家的传统，我和你的妹妹作为夫妻的第一支舞蹈将会是弗吉尼亚舞。”他把一张纸放在门附近的一个台子上，“这是你的位子。”

门关上了，一个令人窒息的沉默充斥着房间，埃莉诺率先打破了沉默。

“好了，乔，现在轮到你去把酒店的文具翻出来。”

“这不好笑。”艾维坐起来，双腿在床边摆动，一股阴郁的气氛弥漫开来。

乔指着手提箱，埃莉诺点了点头，走过去，从里面拿出了一件礼物。

“这是我给你的！”埃莉诺说着坐在艾维旁边，转向乔，“亲爱的，捂住你的耳朵。”她看着艾维的眼睛说：“男人来来去去，但我们永远都是姐妹。”

看到盒子的重量和尺寸，艾维的脸上露出了微笑。

“我知道这是什么！”艾维唱了起来，“约翰·泰勒的手枪！巴克跟我赌了一个硬币！”

“其实，这不是手枪。”

埃莉诺认为这对新夫妇至少应该有一本专属于艾维的小家庭的剪贴簿。因为她们的父亲从小就不保存她们童年的任何照片，母亲的财产又被冲动地扔掉，埃莉诺只能手绘了十二张图，以及阿斯彭的地图。

这花了她一年时间。埃莉诺因此忍受着身体伤害：冻僵的右肩、疼痛的眼睛、塞满了咖啡和止疼片的胃。

作为最后的装饰，埃莉诺从法国区的一间文具店订购了皮革剪贴簿。在书脊上有一块小银牌，上面刻着范宁家族字体的字：弗拉德女孩。

“这也很好。”艾维说。

“我正好是你应该遇见的那个人！”昆廷说。

他们回到了新奥尔良，住在马车房里。他们已经结婚一年了。昆廷是个粗俗的乡绅，说着一口纯正的南部腔调英文，埃莉诺说的每一个字都让他很开心。她刚刚告诉他，她是艾维的姐姐，一个来自纽约的插画师。

昆廷匆匆忙忙地去找钢笔和纸，留下的埃莉诺站在客厅里对着窗子。奢华的陈设、窗帘、三角帘、罗马帘和黑色的卷轴，这是五件独立的东西。如果算上丝绸流苏的话，那就六个。

巴克带着一个螺丝刀走了过来。

“猩红色和象牙色是我最喜欢的‘颜色的故事’。”他解释说。

“颜色的故事？”埃莉诺从她自己的世界中蹦了出来。

“一种单独的颜色是颜色，”巴克说，“两个或更多的颜色就可以组成一个颜色的故事了。你肯定知道这一点的。”说完他就走开了。

一对手枪装裱在墙上，十几个家人和朋友聚集在它周围，底下是一块标示它来历的牌匾。在巴克和艾维把他们的宝宝命名为“约翰－泰勒”后，埃莉诺觉得她别无选择，只能把手枪送给他们。乔坐在这个被古董堆积得几乎要窒息的客厅角落里的一把低脚椅上，对此持有不同的看法。

昆廷带着一条鸡尾酒餐巾回来。

“如果你在动画圈工作，那么有一个人你应该认识。”昆廷说，“巴克那位来自范德堡大学的朋友，他给我们都喜欢的那个小马上的女孩画画。”

他递给埃莉诺一个写着夏佩名字的鸡尾酒餐巾。

“莱斯特·刘易斯？”埃莉诺说，“莱斯特为我工作。等一下，巴克告诉你他的朋友莱斯特给《路珀沃什》工作，但没有提到我是他的老板？”

“哦，看起来我说了什么不该说的话。”昆廷说着走开了。

这个房间里没有书，只有一架子的剪贴簿。埃莉诺扫了一眼书脊上的字：1998 年初次登场，1998 年克豪斯宫廷，2004 年舍伍德森林，2005 年约翰 - 泰勒出生——

“牧师在等着我们了！”艾维说，“我们只有一点点时间。”小小的、粉嫩的约翰 - 泰勒睡在她的怀里，他的古董蕾丝花边的受洗礼服是那么长，还需要一个穿着制服的护士帮他托着。

圣路易斯大教堂是当地人口中的“大教堂”，也是北美最古老的教堂。这是游客最喜欢乘凉的地方。教堂在举办婚礼、葬礼和洗礼期间仍然向公众开放。

在教堂里，三十个家庭成员带着手杖站在前面，作为无神论者的乔坚持在外面等待仪式结束。

在洗礼仪式上，人们很难听清鲍曼教父对约翰 - 泰勒·巴纳比·福琼 · 甘米尔 · 夏博诺 · 范宁的祝福，因为隔壁杰克逊广场上有乐队在奏乐。每当教堂的门打开时，这家人都会被无处不在的 ***When the Saints Go Marching In*** 的音乐声轰炸。正厅里出现了一只鸡，游客都匆忙跑进来拍照，洗礼仪式不得不暂停。一个人还因此撞倒了奶奶夏博诺的手杖。混乱之中，埃莉诺发现自己站在了巴克旁边，有一些话想跟他说。

“你真的是为了和约翰 · 泰勒搭上关系不惜一切啊。”

埃莉诺的声音引起了全家人的注意。巴克瞪着她，非常冷静，他的眼神像是在恐吓她继续说下去。

“太糟糕了，他是最差劲的总统。”埃莉诺说，“你知道他是唯一去世的时候，首都没有为他降半旗的总统吗？”

现在，即使是游客，也停下脚步开始听故事了。埃莉诺想，她最好能爆出一些额外的料来，在新奥尔良，他们称之为“添油加醋”。

“他有十五个孩子。”埃莉诺说，“谁不是约翰·泰勒的直系后裔呢？我的意思是，在场有一半的人都是吧。”

埃莉诺懒洋洋地指向了一位穿着背心的游客。

巴克的脸红了，他们没有再深入的眼神接触。

在台阶上，埃莉诺发现乔在一片窒息的热气中靠着一个柱子。

“你做出了正确的决定。”她亲吻了他一下说。

艾维飞跑出来捏了捏他们的手臂。

“你们听着，小约翰－泰勒一整晚都没有睡。我觉得我们该回家了，就我们三个。”

视线模糊的游客们漫步在波旁街，巨大的像锣一样的杯子里装着代基里鸡尾酒。尽管上午的喷水车队已经清扫过这里，紧跟着还有一群带着扫帚擦洗街道的工人，但这里仍然散发着昨晚呕吐物的恶臭。三个黑人小孩穿着短裤，戴着猪肉派形状的帽子在散步，他们的身上挂着一个长号、小号和一个白色的桶，桶里面有一对鼓槌叮叮当当作响；穿着燕尾服的服务员和穿着白色制服的厨师在餐厅前抽烟，享受着这水流缓慢的河流的抚慰。法国区没有后巷，所以服务员、厨师和店员都在人行道上休息。在街道的一边，一个孩子将易拉罐和他不用系鞋带的飞人乔丹鞋的鞋底粘在一起，像一只笨拙的动物一样跳着踢踏舞，随后站立不动。他的朋友在街对面回应他，彼此似乎都没有什么兴趣。一个男人骑着一辆自行车缓缓路过，自行车太小了，他的膝盖像鸡翅一样向外打开，一只手放在车把上，另一只手缠住一根钓鱼竿。三个塑料奶瓶扔在街上，不知道是从哪里来的。那些带着乐器的孩子耸耸肩，坐在了塑料奶瓶上。热浪影响到了每个人。

乔和埃莉诺沿着街道走着，想找到典藏厅，也就是新奥尔良爵士乐队的老家。乔不在乎新奥尔良爵士乐队——他觉得他们老套，太娱乐化——但他还是决心参观一些有历史价值的东西来挽救这次旅行。埃莉诺紧随其后，她的脚每跨出一步，都像是踏进了滚烫的沥青中。

“你觉得如果巴克知道她不是总统的后裔，还会娶她吗？记得在婚礼上，每个人都恭喜我获得艾美奖提名，但巴克受不了我！他从来没有认可过我的事业。当然，他会吹嘘他来自范德堡大学的朋友莱斯特。什么范德堡？我根本没听说过这个学校。”

“在你遇到这个人之前，你只听说他是个浑蛋。”乔说，“他的表弟曾经警告我们，他是一个浑蛋。在他的婚礼上，每一片烤面包都暗示他是个浑蛋。现在，你才惊讶地发现他是一个浑蛋？”

“我希望我从来没有送给他们那对手枪。”她说。

“能不能不要再谈论那对手枪了。”

他们到达波旁街和圣彼得街交界处的一个路标下，标牌上写着“爵士保护波旁公馆”。埃莉诺开始往里走。

“这个不是我要看的。”乔说。

埃莉诺已经记下了，典藏厅在圣彼得街和波旁街的交界处，里面一个乐队正在演奏。

“它写着‘典藏’——”埃莉诺说。

“它不是典藏厅。”

“但是里面有一个乐队——”

“典藏厅里不会有霓虹灯一样的代基里冰鸡尾酒，还取名为爱尔兰汽车炸弹。他们的乐队不会演奏 *Sara Smile*。”

“你没有必要对我大喊大叫。”

乔的下巴还在动，他继续说着。

“我要找典藏厅！”他说，“不管你要不要陪我继续找。但是经历了那个讨厌的小丑能逃脱责任的事情以后，我不会让他再进一步导致我在波旁街上与我的妻子吵架！”说完，他走开了。

正当埃莉诺追赶乔时，她发现洛林和她的两个男孩在波旁街对面的一个街区。她看不出来洛林是否在帽子底下与她有眼神交流。

过了一会儿，埃莉诺看到一位穿着璞琪裙子的年长女人也往街的那一边走去，她想起来她在教堂里看到过那件礼服。

但奇怪的是，等埃莉诺走到角落时，两个人都消失了，也许她们溜进了一个叫安托万的餐厅。

在餐厅的标志下，一扇门通向了一个梦幻般的餐厅：墙上铺满了镜子，地上铺满了瓷砖，十人大餐桌上摆放着白色的桌布。这里没有顾客，只有戴着黑色领结和穿着黑色背心的服务员坐在角落里叠餐巾。在对面的角落里是一扇镶着黄色玻璃的门，门后有人在走动。埃莉诺的脚步声随着她走向那扇门回荡在餐厅里。服务员抬起头看了一眼，又继续叠他的餐巾。

餐厅里头是一个更大的餐厅，雕刻的木质天花板底下坐满了富豪，盘子碰撞声和欢呼声不绝于耳。红色的柱子和墙壁上挂满了遍布灰尘的名人照片相框。腰上系着围裙的服务员一只手拖着托盘，另一只手擦着自己的眉毛。

埃莉诺的目光在每个餐桌上来回扫视着，没有洛林，没有穿着璞琪裙子的女人。

在她的后面，有一个发光的白色玻璃球，上面倒映着一个梳着堆高发型的女人的剪影。

在女士休息室内，埃莉诺累得倒在了天鹅绒椅子上。她闭上眼睛，脑子一片空白。与乔的争吵、与巴克的争端，都是这该死的闷热天气害的。

她睁开眼睛。

一个穿着紧身裙子的女人正在洗手。洗手台已经很陈旧了，凹坑里堆着积水。女人把手擦干后，将纸巾扔进了一个垃圾已经溢出来的垃圾桶里。在镜子里的倒影中，这个女人戴着塑料的头饰，在一堆假的珠宝中刻着相反的字母：J.T。

不可能吧。

门关上了。

埃莉诺追着她走，那个戴着头饰的女人已经穿过了半个嘈杂的餐厅。在埃莉诺可以追上她之前，那个女人消失在了一堵满是剪报的墙上。那是一道暗门，埃莉诺推开了它。

她发现自己身处一条昏暗的走廊上，这里的照片贴得更密集，过道因为两侧突出来的展示柜而显得更加狭窄。地板是由黑色的砖铺成的，墙壁由深色的木头筑成，门用精心锻造的厚铁制成，外面覆盖着红色玻璃。在她左边，有一张教皇约翰·保罗二世在厨房里与安托万本人合照的照片，柜子里还展示了教皇用过的盘子。

那个女人又消失了，这一次是在大厅尽头的阴影里。埃莉诺听到一些声音传来。左边和右边的门上面，分别挂着写有“暴龙”和“海神”的牌匾，一个房间是绿色的，另一个房间是紫色的。埃莉诺可以认出展示的镀金的皇后服装、貂皮、冠冕和权杖。即使在黑暗中，她们的珠宝也散发着光芒。

拐角处的大厅尽头有一道破门。在它的上方，用幽灵般的白色字体写着“克豪斯”。

关于这个俱乐部的新闻，她听得太多了。艾维出现在了门口，挡住了埃莉诺的视线，她数不清里面有多少人出席，但比洗礼仪式的人多得多。

“你说——”埃莉诺说，“我以为你们三个人回家了。”

人群里，巴克微微笑了一下，又回到了他与别人的谈话里。

“我不知道该怎么告诉你，”艾维说，“我们决定这场派对应该只有家庭成员才能参加。”

★

埃莉诺逃离了街道，跑进了一家空调开得十足的果仁糖店。这里的装饰风格极简，几乎没有客人。她的汗水立马冻结了，浑身一阵剧烈的战栗。

“你想试吃看看吗？”一个瘦削的黑发女人问她。

“当然。”埃莉诺努力让自己看上去像是个正常的客人。那个女人给了她一块撒满糖霜的山核桃，她的眼泪开始蔓延。埃莉诺转过身来，靠近一个装满了果仁酱的红色架子。

门铃叮当响起。艾维抓住了埃莉诺的手臂，把她转过来。

“你不知道我在你和巴克之间有多么进退两难。”艾维一脸恳求地说。

“我和巴克之间？”埃莉诺说，“我对他做了什么？我飞到了这里，错过我这一季的动画最后的样片制作？尽管我们都是无神论者，但我还是把我无神论的丈夫拖去参加基督教的洗礼？”

“这不是你为他做的事，”艾维说，“这是你为了我做的事。你甚至没有赶来参加我的生日宴会。”

在埃莉诺想出应该怎么回应之前，艾维继续说：“我知道，我知道——我从来没有指望过你能来。但是，这是巴克思考的方式。”她担心地叹了一口气，又马不停蹄地说，“他还是没有原谅你毁了他的订婚派对。”

“我们还在纠结花盆套的事？”埃莉诺说。她一直握着的那颗果仁糖已经在她湿热的手心里化成了黏糊糊的一坨。

“在那之前就开始纠结了。”艾维说，“当你走进派对，看到人们穿着华丽的服装，问他们每个人要去哪里。”

“我没有。”埃莉诺清楚地想起了那一刻，“我当然想过要那么问，因为看起来就像是一场歌剧的开幕，但是我知道我其实什么都没有说。”

“巴克听到你说了。”

这句话一说，一条分界线就显现了。埃莉诺为了生计而作画，当她看到一条分界线出现的时候，她马上就意识到了什么。

她走到结账台，强行微笑着说：“我可以拿一张纸巾吗？”

那个女人把手伸进柜台下面，拿出了一张纸巾。埃莉诺把黏糊糊的糖从手指上搓下来，把山核桃放在纸巾里，递了回去：“谢谢你。”

“哦，不。”艾维转过来看埃莉诺的脸，“你生气了吗？”

“这场对话接下来可能会变得很吵闹，这对于果仁糖店来说是不公平的。”就这样，埃莉诺推开她的妹妹，走出了商店的门。

“好吧，让我们把话说开。”埃莉诺在人行道上对艾维说，“我给你做的剪贴簿在哪里？应该给我的结婚礼物在哪里？”

“你知道吗？我们期待你给我们的结婚礼物就是那对手枪。”

“你知道能说出这种话的不是你自己吗？”埃莉诺说。

“那是属于妈妈的。”艾维说，“它们属于我，就像它们也属于你一样，它们是我们唯一拥有的妈妈的东西。你只是让它们随便放在你的公寓里。”

“那不然我应该做什么？把它们运给你关心的梅斯特 · 迈克？”

“巴克和我在约翰 · 泰勒的家里举行婚礼，所以这应该是很显而易见的一件事。”艾维毫不动摇地说。

“你已经得到了那对手枪！”埃莉诺说，“上次我看的时候，它们还被装裱在你家的墙上呢。”

“我们早就应该得到它们了。”艾维用夸张的表情以示抗议。这是一个很特别的姿态，一个埃莉诺从来没有在她身上见过的姿态。

“你没有正面回答我的问题。”埃莉诺说，“《弗拉德女孩》在哪里？”

“巴克和我都被《弗拉德女孩》冒犯了。”

“艾维，我现在警告你，不要再继续往下说了。”

“我们不懂，当孩子们睡觉的时候，房子周围有熊出没，有什么可爱的——”

“那是我们的生活，艾维，是我们的生活。”

“——又或者当泰德 · 邦迪逃跑时有一辆车等着。为什么你要让我重新想起小芹菜被车撞死了？你知道我有多爱那只狗吗？！”

“我也喜欢小芹菜！”埃莉诺说，“好。我明白现在的状况了，巴克累积下他所受到的任何耻辱，现在他也开始让你这样做了。”

“我终于找到了一个我应该待人的方式。”艾维说，“你应该被人尊重，而我就不行？洗礼期间，乔在哪里？”

“现在巴克也看不惯乔了吗？”

“埃莉诺，大家都注意到了乔没有进来。”

“乔在童年的时候被修女折磨，所以他不喜欢天主教会。你又不是不知道！”

“你，”艾维说，“在游客面前嘲笑我们儿子的名字。哦，埃莉诺，就连我都不能为你的讽刺辩护了。我可以在你的眼中看到，你不顾一切诋毁他人的欲望，你污言秽语的嘴巴，对待比你弱小的人时的姿态。我已经受够了，巴克也是。”

“我对那个玩笑话有话要说——”

“埃莉诺，”艾维说，“你现在说的是我的丈夫，巴克是我的丈夫。”

“告诉他，他赢了。”埃莉诺说，她的脸红了，“你们两个人得找别人来发泄各自的不满。这是你最后一次见到我了，你看我严肃的表情就知道我不是说笑。”

典藏厅约九米见方。墙壁上沾满了水，盖上了挂板，厚厚的木板在洪水中幸存下来。这里没有舞台，只能容得下五十个听众。前排破烂的靠垫扰乱着乐队的脚。乔是那些抢到了椅子的幸运的人之一，他坐在墙边，身体像一袋骨头一样跟着快活的重铜管乐的迪克西兰爵士摆动。埃莉诺出现在他的脚边。

“答应我，”她的嘴唇在小号独奏的时候翕动着，“答应我，我们以后再也不会吵架了。”

一个月后，“卡特里娜”飓风袭来。埃莉诺拿起了电话，艾维接了。果仁糖店外发生的争吵，她们再也没有提起过。

埃莉诺与艾维的电话联系越来越友好，但也越来越少。她在当地博物馆找了一个工作。在一场失败的背部手术后，玛丽·玛吉被允许安乐死了；约翰－泰勒已经过了三个生日，埃莉诺像完成任务一样按照艾维所指示的寄出礼物。

一天深夜，电话响了，是一个504开头的电话号码。是莱斯特打来的，他在一个新奥尔良的酒店，刚和巴克以及艾维一起度过了一天。

“在纽约聚会的那天晚上，”莱斯特说，“当艾维回到他的酒店后，我知道对你来说一切就结束了。”

“你为什么这么说？”埃莉诺问，“发生了什么？”

“你最后一次见到他们是什么时候？”

已经三年了。

“怎么了？”埃莉诺惊慌地抓住了自己的胸口，“发生了什么？”

“你不明白吗？”莱斯特说，喝醉之后的胡言乱语，“他想在他的犯罪现场留下你的指纹栽赃给你。”

埃莉诺第二天打电话给艾维，问她怎么样了。艾维给了一个意想不到的答案：吃药。

“什么药？”埃莉诺问。

“药物治疗。”艾维修正道，“埃莉诺，药物改变了一切！过去发生的事情不过是些小事，比如塔菲把莓果酱的盖子盖得太紧了，于是我会把果酱罐拿起来在柜台上敲一敲，放在热水里冲一冲。约翰－泰勒会问：‘你为什么哭，妈妈？’而我在想，我甚至连打开一罐果酱的时间都无法控制不将我的痛苦带到这个世界。但是现在，我正在进行药物治疗，这是一罐果酱而已！要是打不开，我就用肉桂糖来配我的烤面包！我已经成为一个时代的奇怪产物。他们应该为我打造一部电影，一个接受药物治疗的女人是怎么对日常生活和她身边的事情做出正常反应的，而过去的她，可能分分钟就要对着同样的事情崩溃。”

“两个角色都可以给格温妮丝·帕特洛演。”埃莉诺面无表情地说。

“看，我举一个例子。”艾维说，“过去的我，因为是个女演员，听到你这么说，我会哭的，我认为两个角色都应该自己演。但现在的我呢？是的，我认为格温妮丝·帕特洛演这个角色也会很棒。”

★

马修·弗拉德在六十六岁时死于肝衰竭，他已经十年不沾酒精了。那位让马修和女孩们住客房的达拉斯女人没有出席他的追悼会，但她安排了一个红色的吉普车队去迎接到瓦格纳公园的悼念者们，并把大家带到了阿斯彭高地的顶端。在那里，他们把马修的骨灰撒在了他最喜欢的赛道——“真理时刻”上。

马修戒酒互助俱乐部的几十个朋友，还有艾维、埃莉诺和乔沿着雪地履带式车辆的道路蜿蜒而上，穿过春天的融雪，到了那里的野餐长凳。欢迎他们的是一个橙蓝相间的丹佛野马队[①]花环、胡桃木屋提供的烧烤，以及鲍比·梅森乐队演奏的马修最喜欢的歌曲*Please Come to Baston*。即便是在他生命的终点，达拉斯的女士依旧保持神秘。

那里的香槟够五十个人喝，但只有艾维一个人在喝酒。

对于埃莉诺来说，马修的朋友们对于他从来没有去看望的两个女儿已经司空见惯，简直是太大度了。看到灰白的灰烬堆在白色的阿斯彭树枝上，点缀着青柠色树叶的时候，乔哭了，而埃莉诺不为所动。

母亲的英年早逝，让埃莉诺学会了封闭自己的内心。但她深深地明白，她生来就有一个温暖的灵魂。有一天，马修忘了去接在日间营地的女孩们，她们不得不从T-Lazy-7牧场走八千米路回家。马修在酒吧关门后回到家，才恍然想起他做了些什么。他爬上埃莉诺的小床，哭了起来。“我很软弱。”他说，“你比我以往任何时候都好。”马修登山靴上的雪在埃莉诺的救生床单上融化，留下了污垢。

① 职业美式橄榄球球队。

“你还好吗？”当乔和埃莉诺坐在椅子上分享关于马修的回忆时，他拉起她的手。

“我爱你爱得疯了，乔。”埃莉诺低声说。

一个穿着蒂罗尔毛衣、满脸风霜的女人讲起了一个故事：“当然，有时候马修会把那只山羊带进杰诺米的酒吧！”

在善意的笑声中，艾维不怀好意地嘀咕：“他是一个没用的浑蛋。”

埃莉诺听到了，但那女人没有。她继续说：“我觉得他赢了吉姆·萨特。”

“吉姆·萨特从来没有养过山羊！”前市长贝尔·斯特林笑了起来，“他有一匹小马。但我会告诉你谁真的养了一只山羊——”

“他是一个醉汉和一个赌徒。”艾维咆哮道，“有一次，他抛弃了我们好几个星期，害得我们不得不自己照顾自己。”

现在大家的注意力都被迫转移了过来，但是，艾维失焦的双眼看向了一撮离骨灰罐不远的草丛。她晃晃荡荡地拿着一个香槟杯，在她旁边的泥土上放了一瓶她自己带的酒。

艾维抬起头，对一个傻眼的灰色头发的女人说：“我们从药店的架子上找东西吃。”

“我不是故意——”

“他不知道我上几年级。”艾维说着身子向前倾，“我的牙齿因为营养不足而松动，他让我与囚犯做笔友。我很抱歉我不能理解他把山羊带到杰诺米的酒吧有什么好笑的。”

埃莉诺抚摩着艾维的手臂。她继续说着，现在转向了全部的人。

“而且，因为你们心爱的马修对我毫不在意，我不得不和一个控制我的人结婚。看着我！”艾维站了起来，她的椅子朝着后面的泥土倒了下去，发出了“噗”的一声，“知道我为什么看起来是这个样子吗？”

埃莉诺和乔也想知道：艾维穿着一件长袖衬衫和及踝的长丝绸裙子，她的屁股像车灯一样往外探照着，头发染成了刺眼的红色，更加映衬了她脸上的红疹。

“要是我再次怀孕，染发剂会伤害胎儿，所以巴克让我用鲜花染料。他觉得我会对每个路过的男人都像我们遇见的那个夜晚一样投怀送抱，包括你——乔，就像我婚礼的那一天。现在，我只能像东正教犹太人一样，从头包到脚才能出门！”

即便是对她的举动毫不在意的人，也因为这反犹太的言论而开始调整他们的椅子。

“我的一生，”艾维说着开始哭泣起来，“不管变得多糟糕，至少比马修过得好。”

埃莉诺站了起来，艾维走开了。“但看看我！”艾维拉回自己的手臂，尽管没有人伸手碰她，“有其父必有其女，一个二等公民，在那个大豪宅里的人又能做什么异想天开的事呢！”

“我懂的，艾维。”埃莉诺走到她身边，但艾维跑开了，从六米远的地方像一个劫持了人质的歹徒一样喊着。

“如果我离开，巴克将得到约翰－泰勒的完全监护权！巴克一想到庭审大战就能流口水。他的家人认识新奥尔良的每个法官。他说，他被骗了，买回一个有缺陷的货物。他说你和乔想快点儿把我这个有缺陷的货物转手，把你们的垃圾倾倒在他富有的家里，就好像我是《简·爱》里的那藏在阁楼的疯狂女人一样！”

乔从后面走近，抓住了艾维的双臂，她挣扎着，瘸了腿。他把她赶上一辆吉普车，从驾驶员那里借了钥匙，告诉埃莉诺，在酒店里会面。

下山的路上，艾维的脸转了过去。她唯一能做的动作就是在吉普车躲避陡峭的转弯时紧紧地抓住保护杆。当他们从山上下来，走到马龙溪路的人行道上时，艾维终于说话了。

“我相信你很想知道我身上发生了什么，”她没有看他，“我也很想知道。”

乔开车到了阿斯彭研究院的校园里，那里有巴克敏斯特·富勒[①]设计的圆顶，以及赫伯特·拜尔和安迪·高兹沃斯[②]的雕塑。乔停下吉普车，和艾维走在通往音乐帐篷的小路上。他们路过被修剪过的翡翠色土丘，有的有三米高。一个五十多岁穿着羽绒背心的女人站在一个土丘上，和她的西高地白梗狗一起玩“山中之王”的游戏。穿过灌木丛，草坪的边缘有一条当地人才知道的隐秘小路，通向一个藏在白杨树林中的弯曲长椅。这是埃莉诺和艾维小时候会去的地

① 美国建筑师。

② 英国雕塑家。

方，也是她们最喜欢的地方。

艾维坐下来，感觉像回家了一样。

“我正在验证你所说的事实。”乔说，“我们会像弄清其他一切事情的方式一样，弄清楚你身上到底发生了什么。”

“你刚才在山上哭了。”艾维说，“我看到你哭了，为什么？”

“因为生命的局限性和自然的无限性。”乔说，“你尽力也好，堕落也罢，那些山都不为所动。”

“天哪！”艾维说。

乔笑了起来：“对不起。”

艾维折断了一根灌木丛的细枝，把叶子揉到她的指尖上。她把树枝举起来，让乔闻。

乔倾过身来，艾维摸了摸他的脸。他转开了身。

“我觉得自从我来这里，喝的水不够多。”艾维说。

“这里的海拔约两千四百米，”乔说，“山上的约三千三百米。”

“你介意帮我找一些水吗？”艾维问。

乔站起来：“等我回来的时候，我们什么都可以谈。我想听。”

乔走了约四十五米到音乐帐篷。那是五月，四处都很荒凉。在一个没有上锁的小贩摊位里，他发现了一堆纸咖啡杯。他拿了四个杯子，找到了一个男厕所，往纸杯里灌满了冰冷的自来水。

乔小心翼翼地端着杯子，走回那个秘密基地，尽量不弄洒一滴水。远远地，他看不到艾维的背影，以为她躺了下来。

他走到了基地，发现长椅上没有人。

乔从白杨树林里跑出来。那个女人和她的狗已经走了。他感到了另一个人的缺席。他花了一会儿时间才意识到：那红色的一小块不见了。吉普车！他把钥匙留在了地上。车被开走了。

乔几乎要踏穿回城的 82 号公路。天空开始下雨了。山的顶部还跟撒了糖霜一样点缀着雪。

快乐的吉普车队从葬礼上一路巡游回来。一个人靠了过来，是埃莉诺。

“刚才是最后一次。”乔说，“你听到了吗？我简直受够她了。”

他们回到了莱姆莱特酒店，艾维的房间空着，她的行李已经不见了。埃莉诺接到一个电话，说是其中一辆吉普车出现在了阿斯彭机场，停在一个消防车的停车位，引擎还发动着。

葬礼前的几个月，埃莉诺和乔决定是时候让埃莉诺停药了。葬礼的那天早晨，在去瓦格纳公园的路上，突如其来的恶心让她吐在了酒桶里，里面还留着已经烂了的、去年的棕色矮牵牛花。她对此轻描淡写。

第二天，在她回西雅图的路上，在丹佛机场的女厕所里，埃莉诺咳嗽了起来。

“你没事吧？”当她从卫生间里出来时，乔问。

“没事，”埃莉诺说，“只是排队的人有点儿多。”

乔没有和妻子继续前往西雅图，而是从丹佛飞向内罗毕。他比预计晚了一天与他的公益手术团队见面，从去年开始他就一直在为此筹钱和做准备。

如果乔知晓埃莉诺怀孕的话，她知道他一定会取消他的旅行。她在他的登机口与他吻别，希望在他回来时能有好消息鼓舞他。

回到西雅图，随着一阵强烈的水下心跳声和打印在热敏纸上的超声波，好消息传来了。宝宝会在感恩节临近时降生。但是，正如古医生所说，埃莉诺已经四十岁了，而现在只怀孕了八个星期。“现在最好不要太抱希望。”

在离开医生办公室的路上，埃莉诺接到了艾维的电话。

“一切都结束了。”艾维说，“我要离开他了。”

接下来的一个星期，每当艾维可以逃避巴克的片刻——在市场上，在公园里，在她假装身在健身房其实躲进停车场的车里——她都会讲他妒火中烧的故事和小题大做的行为。

埃莉诺又回到了活得多姿多彩的样子，这并不是因为关于巴克的一切终于要结束了，而是她终于又可以做回一个姐姐了。没有什么比被认识最长时间的人喜欢更放松的了。埃莉诺的心因此而开怀大笑：有那么多事情可以分享，有那么多的善意，有那么多可以对比的笔记，那么多的方式来帮助别人或者被别人帮助。她回到了这个世界，对她的同谋艾维来说，仿佛一切都是一场表演。这正是埃莉诺最欢欣雀跃的时候。

“哦，埃莉诺，”艾维叹了口气，趁着巴克正在叫外卖的时候，“我失去了自己，还把你卷进了疑惑的旋涡里。你怎么能不恨我？”

“重要的是我们又在一起了。”

她们都认识到，巴克不会让艾维轻易离开，所以这对姐妹制订了一个计划——趁巴克因雇用悔过自新的囚犯在克豪斯的花车上受到城市表彰的时候，艾维会带着约翰－泰勒到机场。埃莉诺已经预付了两张飞机票，找了一位离婚律师，并为一栋位于西雅图西边的别墅付了第一个月的租金。艾维可以在乔的办公室工作。艾维很难相信乔会认同这样的计划。“在我在阿斯彭那么对他之后，他不可能还喜欢我。”

“乔完全赞同我。”埃莉诺说。

乔完全不赞同。乔在非洲，没有手机，也没有互联网。

埃莉诺计划的这一连串事情是疯狂的。在她的想象力里，那已经演化成了艾维和乔一触即发、火力全开的战场。

艾维：但是，埃莉诺，没有好的律师，我会失去我儿子的监护权！

乔：让我为艾维和巴克之间的监护权战争付出一捆捆的钞票，你在开玩笑吗？

艾维：你自己在《路珀沃什》里没有存下钱吗？

乔：我赚来的钱就是“我们”的钱，你赚来的钱就是“你”的钱？

艾维：乔从来不明白我们俩经历了什么。

乔：我有六个兄弟姐妹，我完全不需要做戏。这就是区别。

艾维：我保证，如果我赢了官司，我一定会把钱还给你的。

乔：我们都知道，巴克永远不可能给你妹妹一分钱。

艾维：我可以做你的保姆来还债。

乔：一个像孩子一样的成人来帮我们带宝宝？我不认为这能行。

艾维：重要的是我们要打败他。

乔：没有人能打败这位麻烦缠身的抒情诗人。

埃莉诺记得她在弗吉尼亚酒店时对艾维说的话：男人来来去去，但我们永远是姐妹。这时，喇叭响了，埃莉诺回到现实世界里，她前面已经换成绿灯了。

艾维的飞机在中午降落。埃莉诺已经买好了儿童汽车座椅，装饰了信封的背面。“欢迎来到西雅图，艾维和 J.T.！”她站在提取行李的豪华轿车司机队伍中看着。

艾维穿着无袖的裙子走了出来，她又变回了金发。

“耶！”埃莉诺说。

约翰 - 泰勒不在她身边。埃莉诺的目光转向旋转门的后一个栏杆。一个穿着海军西装外套的男孩握着他父亲的手，是巴克。

他们三个人站在那里，面对埃莉诺，他们三个人。

“这是我的选择，”艾维说，“跟巴克无关。体外人工受孕和药物让我头脑不清晰。我需要帮助，我现在认识到了。我正在慢慢进步。”

约翰 - 泰勒仿佛是巴克的翻版，穿着巴掌大的古驰乐福鞋，拿着一个塑料恐龙，有着跟巴克一样的下巴。直到看到了艾维的儿子，埃莉诺才注意到巴克的下巴。

巴克一个字都没有说，递给了埃莉诺一个条件清单。她麻木地扫了一眼，大致的意思是如果她想拜访艾维，她可以来新奥尔良，但不允许她进他们的房子，只能住在酒店。她不能和约翰 - 泰勒独处。

埃莉诺看着艾维的脸，想寻找一丝线索，一滴含在眼里的眼泪、一个绝望的眼神说稍后打电话给你或一个颤抖的嘴唇，但她脸上什么都没有。

巴克拿出了尼曼百货的购物袋："我们不需要这个。"

里面是一本厚厚的皮革书，书脊上写着"弗拉德女孩"。它带来的震撼和艾维的默许，让埃莉诺无法动弹。

巴克松开手，购物袋掉落到地板上，发出了轻轻的响声。

"我们去找出发层吧，好吗？"巴克的手臂揽上了艾维的腰，"我们的航班还有一个小时就要起飞了，我估计那些警察又要让我们再忍受一次安检。"

"好的，亲爱的。"

巴克转向了埃莉诺："你当然会怪我了。总有一天你会明白，这完全是你的行为造成的。你从来没有给过我机会。是的，我在新奥尔良的生活微不足道，有人可能会说我对狂欢节投资太多了。但是，我对我的家人非常忠诚。你看，我和你妹妹出现任何困难，都是因为我想要她和我们的儿子过得最好而造成的。我是我们两人中首先承认在婚姻中遇到困难的那个人，但哪对夫妻不会遇到困难？不过，当有人带着片面之词来到你身边时，你只需要倾听他们的故事，这是基本的情感智慧，你不能着手策划他们离婚。你和我不一样，埃莉诺，这是真的。有一个佛教谚语说过：‘只是因为一条木筏帮助你跨越河流，你不需要背着那条木筏在余生中前行。’换句话说，埃莉诺，你是那个木筏，艾维已经决定把你放下了。”

然后，她面前只剩下了三个越走越远的背影。

过了好几秒，埃莉诺才开始说话。

“那些手枪在哪里？”她听到自己尖叫着指责他们，“我要我的枪！我要拿回我的枪！”

十分钟后，埃莉诺坐上了提取行李区背后的警车。她向年轻的警察解释，这是一场家庭纷争，而且她所说的枪是宝贵的古董，不能开火；即使它们真的能开火，现在它们也被牢牢地固定在另一个州的墙上。

“你必须冷静下来，女士。”一个警察通过窗口的裂缝说，“我不想带你进城，但是你真的得冷静下来。”

上帝，请不要让这些恐惧和愤怒伤害到我的宝宝；请不要让乔从肯尼亚回来，发现我被捕。我向你保证，上帝，如果你让我从这里带着一个健康的宝宝安全出去，不让乔知道发生的这一切，乔和宝宝将会是我唯一的家人，我再也不会提起巴克和艾维。

“清醒一点儿，女士，我数到三，把手放在你身后。准备好了吗？”

“一、二、三。”

在汀宝出生之后，对埃莉诺来说那是最艰难的时刻，哺乳，然后睡觉。埃莉诺发现婴儿班的教员认为高椅子、背带和俯卧时间对婴儿不好，近似于虐待婴儿。这个时候，埃莉诺当然很想和她的妹妹——一个在她之前已经当上了母亲的人分享育儿经验。日常生活的一举一动都成为无意识的提醒（比如蓝莓：埃莉诺和艾维曾经在银行街的无电梯大楼按照 *The Silver Palate Cookbook* 的食谱做出了冷蓝莓汤，并将客人的牙齿染成了紫色）。但是，一旦关于艾维的记忆被触发，埃莉诺就拉起手腕上的橡皮筋。如果手上没有橡皮筋，她就大声地骂自己：“不行！”

当机场好心的警察放埃莉诺开车回家时，她把公寓里所有关于艾维的东西都清扫了出去（比如芸豆：当她们在纽约的时候，决定举行一场辣椒派对，因为厨房很小，所以她们提前一个晚上就煮好了芸豆，但是没有放进冰箱里，导致豆子第二天都发酸了，所以她们不得不从蜀湘园叫外卖）。埃莉诺清理掉衣柜里所有能让她想起艾维的衣服：一件洗了几千次的菲奥鲁奇的 T 恤，跟丝绸一样柔软，她捐给了慈善机构；这条围裙，是住在银行街时在亚斯特坊广场买的。

扔掉的书有：《简·爱》；有艾维画过下划线的《幸福童年的秘密》；《寂寞之鸽》——在一个野营里被撕成了两半，因为这样她们就可以一人一半一起读书了，然后再用胶带重新粘在一起；一本达丽尔·汉纳封面的《名利场》，里面还夹着艾维的迪奥广告。堆满了照片的鞋盒，那些埃莉诺早应该放入相册的——任何与艾维有关的东西都要进垃圾桶，而垃圾桶通向垃圾滑道。

《弗拉德女孩》不断回头看着她。

几年前，一位年轻的图书编辑对埃莉诺的插图扩展成一本图画回忆录很感兴趣，但埃莉诺表示反对。

但是，如果她能把它们发表的话……

要是她能再现童年的故事呢？那个失去了心爱的妈妈，并在九岁就当上了艾维的妈妈的故事。有无数个瞬间可以选择作画：当她和艾维告诉马修她们要探索午夜矿，而他没有抬起头说“很高兴认识你们”的时刻；或者，当苔丝拿到了诊断书，被发现坐在她停车场的车里听着《毛发》八首原声带里的《弗兰克·米尔斯》的时候。

埃莉诺的想象力照亮了天空：她想象着巴克走到花园区某个书店看见《弗拉德女孩》作为一本图画回忆录出版的景象。那种伤害！那种耻辱！能让他恐慌地买下在新奥尔良的所有《弗拉德女孩》，这样就没有人会看到它！她终于可以出其不意地给他当头一棒。人们告诉艾维：“你的童年多么可怕，感谢上帝，你和你的姐姐彼此相爱。”而且，艾维还不得不说谎，或者承认她把埃莉诺像垃圾一样抛弃。无论哪种方式，都是一场甜蜜的复仇！

是的，出于爱，埃莉诺已经画了十二幅插图，但这并不意味着她不能把它们变成武器。

她与迷人的乔伊斯·普里姆在酒店喝着酒，谈成了一笔书稿交易，这让埃莉诺释然又兴奋，像一个把男朋友的所有衣服都甩出门前草坪的女人。

但是，真的等到坐下来写回忆录的时候，那股报复的能量不见了。埃莉诺想用艺术的方式来重塑回忆，但她做不到。她把那本《弗拉德女孩》推到衣柜的深处，打算以后再处理。

八年过去了。

关于艾维的提醒永远在那里，永远可能让埃莉诺生气、绝望或无动于衷。埃莉诺不能不想起艾维，但她可以控制自己恢复平静的时间了。经过这么多年的练习，埃莉诺已经可以不超过五分钟就恢复平静了。

上个周末，埃莉诺、乔和汀宝去了鹿米岛上的一家旅馆，它有一间很酷的黑暗中的图书馆，堆着装满茶包的藏宝盒和摊在木杆上的报纸。那是一个完美的十月下午，汀宝和乔一起划着皮划艇。埃莉诺在阅读时间里阅读《纽约时报》，悠闲自在地从第一页读到最后一页，甚至连讣告都没有跳过。

有一个女人从加勒比地区进口香蕉，大赚了一笔，然后又种植棉花，赚到了第二桶金。看到一个很眼熟的名字，埃莉诺重新审视了标题。

阿曼尼托·特朗博·夏博诺

新奥尔良社交圈的顶梁柱

死于九十二岁

在埃莉诺能停下来之前，她的眼睛已经看到了最后一行。

“她是因为孙子——历史学家巴纳比 · 范宁，和他的两个孩子约翰 - 泰勒和黛尔菲恩才活到现在的。”

第五章　模糊

“垫一下她的头。”有人说。

我睁开眼睛，看到一圈关注的目光。斯宾塞、汀宝、一个博物馆的守卫和一个时尚的老太太跪下来看着我。那个老太太从脖子上脱下一条长长的花围巾，然后对折成我头的大小。我尽责地抬起头，让她把围巾垫在下面。不管它被折了多少层，缓冲能力还是跟打印纸一样薄。

第二层站着的人说：“我叫了救护车。”

“是为我叫的吗？”我说，“我不需要救护车。”虽然我的确感觉有点儿蒙……

“放松，深呼吸。”一个女士说，她是博物馆馆长？她一定八十几岁了，皱皱的皮肤上有厚厚的皮屑，卷卷的白头发在风里飘着。巨大的黑框眼镜衬托着她的小脸，没有化妆。

“你看到她的瞳孔了吗？”有人低声说。

“妈妈！”汀宝抱了上来。

“拜托！”我拍拍他的背，“我很好。”

旁边的一个人兴奋地复述着始末："我当时在看我的股票走势，然后看到这个女人一边跑一边呜咽着，接着就看到她躺在地上了。"

"起来。"汀宝说。

"不行，"有人说，"她起不来。"

"如果你是说我的话，"我在汀宝的头边跟他们说，"是因为我选择不起来。"

"你要不要喝点儿水？"一个安装工人问。

"不用了。"我说。

他转向汀宝："你要不要喝点儿水？"

"是维生素水吗？"

"你们应该给她的家人打电话。"一个激动的女人说，"小男孩，你有爸爸吗？"

"他当然有爸爸，"我说，"你以为他是私生子吗？"

"你知道怎么找他吗？"

"号码在她手机上。"汀宝说。

"埃莉诺？"斯宾塞进来，"我们可以借你的手机吗？"

"我把它丢掉了，扔在了一个鱼饵桶里。"

"什么？"大家集体发出了疑问。

"它已经停止为我服务了。"

"哇！"斯宾塞说，"哇！"第二次的两个音听得很清楚。

"什么？"博物馆馆长问斯宾塞。我很感激她，因为这意味着我不需要回答。

“有时候她会说这些话。”他为我澄清了一下。

“她总是这样吗？”有人问。一群人耸肩回答他。这群人真容易哄。

“提醒我永远不要跟你们这群人发生家庭纷争。”我说。

绿色的雕塑上形成了一个凹陷的坑。

“这里原来就有这个凹痕吗？”一个声音问道。

“凹痕？”斯宾塞转过身去看。

“你可以走了。”我跟他说，因为看起来他很想走，“我释放了你。”

斯宾塞迅速走向了雕塑。现在博物馆馆长也伸着脖子来看我。

“你也可以走了。”我告诉她，“想走的人都走吧，走吧。”

博物馆馆长和安装工人匆忙地走了，只剩下我和汀宝。

我摸着他的头发：“亲爱的，你还好吗？”

“我希望你能起来。”

我坐了起来：“你现在高兴了吗？”

“全身都要站起来。”他搂着我的手臂说。

“这块钢板约有三毫米厚，”雕塑旁边的一个声音说，“看看她撞出的凹痕。”

他们全都转向我，带着勉强的敬意。

“布雷特·法弗！”我高兴地宣布。

“躺下来。”斯宾塞说。

“布雷特·法弗是那个我一直想不起来的四分卫的名字，拇指有问题的那个。”

“很好。”斯宾塞说，“你先躺下。”

“不要。”汀宝威胁说。

“如果你忘了一个名字，再也想不起来，这可能是早期的老年痴呆迹象。”我告诉斯宾塞，“但是如果晚一点儿你又可以想起来了，那你就没事了。”

“我也听说过这个理论。”博物馆馆长说。

她有着完美的姿态，那是我想变老的样子，气质出众，站得笔直，戴着巨大的黑框眼镜。我绝对也要走一样的路线，就像伊莲妮·斯楚奇①、弗朗西斯·利尔②、艾瑞斯·阿普菲尔③。这些名字都是从何而来的？我怎么能引用得这么好！

“能上就上，别等必须上的时候再上。”我说。

他们全都看着我。

“这是一个关于去洗手间的建议，”我说，“一个很有用的建议。”

他们不想再和我浪费时间，慌慌张张地回到了他们忙乱的世界里。

“我们上了保险。”博物馆馆长平静地向某人解释说，“我们有责任心。”

“那是为了节目，”戴蓝手套的人说，“但是节目还没有开始。”

① 美国著名的百老汇演员。

② 美国杂志出版人、编辑、作家。

③ 美国室内设计师、时尚偶像。

“这不是保险偿还的方式。”博物馆馆长回击道。

“我打赌她是对的。”我喊着，“人越老，越充满智慧。”

斯宾塞眯起眼睛看着我。这些忧心忡忡的人开始工作，所以我只能看到他们的背影。

在地上，有我的挎包和一串钥匙。

黛——尔——菲——恩。

天哪！

“来吧。”我抓住钥匙站了起来，轻声对汀宝说。我的头像是错误地放在了我的脖子上。我眨了好多次眼睛，才总算站稳了一点儿，“看到了吗？”

汀宝的回答被接近的警笛声淹没了。

斯宾塞和其他人都已经沉浸在耳语的战斗中，没有注意到我们已经逃走了。

哦，斯宾塞，可怜的斯宾塞，我希望他有一天能成功。

哦，等等。

我们往盖勒街上走，附近唯一有生命迹象的就是前院草坪上跳过的一只兔子。

“哎呀！真可爱！”汀宝说。

“大家都去哪里了？”我问。

“都拿着耙子出去了吧。”

“整个学校都没人？”

“都去看我们的流浪汉朋友们了。”他说。

一所空无一人的学校！这完全符合我的计划：趁着没人，我溜进去还了钥匙再溜走。

我做的事是不可原谅的。因为我，一位年轻的母亲将花费大半天时间寻找她的钥匙。我不管她有多瘦，或者对自己有多么满意，没有人应该受这种折磨。

至于我为什么不能大方承认：我得通过该死的报纸才了解到我的妹妹生了个女儿，为了一个站不住脚的理由报复她，我偷了一个女人的钥匙，因为她们的女儿正好起了一样的名字？

这种情况下，你会大方承认错误吗？

到目前为止，整件事都还让我不寒而栗。以前，我常被人叫疯子，但是那种兴奋的疯、荒谬的疯，我们大家都有点儿的那种疯。至于偷其他妈妈的钥匙，就算是大骗子也不能说这种疯狂不是可怕的。

我拉开前门，穿过门厅，会议室里是空的，灯也关着。桌子上还是摆了一大堆东西，有很多地方可以让我随意把钥匙塞进去。我走向门口，门锁上了！

“祝你生日快乐……”走廊传来了歌声。

我随着歌声走向了行政办公室，办公室外面的一层是空的。

“祝你生日快乐，亲爱的格温！祝你生日快乐！”

他们都在格温的办公室里吃蛋糕，太好了！我走向莱拉的办公台，从她的杯子里掏出一支马克笔。我抓过一个信封，写上“失物”。

但是，一个巨大的声音在房间里响起：“我有刀！”

是斯特莎，她是课后协调员。

“埃莉诺，你好！”斯特莎看到我的时候又做出了她每次看到我都要做的动作：卷起 T 恤的袖子展示她的《路珀沃什》文身。她显然是个维维安。

“是我！”我说。我还能说什么呢？

“你找莱拉？”斯特莎问。

“不，不——”

“哦，你好……”是莱拉来了，“汀宝怎么样了？”

“好很多了。”我说。

我们三个人站在那里。

“我能帮你什么吗？”莱拉问。

“我想要签退——”我说，“我上午忘记了——你是不是给我们发过邮件提醒大家如果早退要签退？好像是公民权利什么的？”

“哦，你不必为此特别跑一趟。”莱拉说，“你上午来接汀宝的时候，我就在这里。”

“那只是为了直接从教室带走孩子的家长设的规定。”斯特莎解释说。

这种无聊的信息总有一种神秘的麻痹作用。

“这是给我的吗？”莱拉看着我手中的信封问。

“不是！”我说着把信封撕成了碎片。

“告诉汀宝，我希望他感觉好一些了。”

我走到走廊上，看到我的儿子面对着一个装满了美元钞票的挂锁的有机玻璃盒子跪着。

“妈妈，你看！这里面一定有几千美元。”盒子上写着“美元捐赠”，除此之外，还有一张便利贴：最后一天！

“这是为流浪汉的收容所买袜子和被子的钱。”汀宝说。

“天哪！”我说，“我理解流浪汉，我只是不知道为什么他们会一辈子流浪。我们走吧。”

“那些父母今天在算钱了。”汀宝说，“如果盖勒街打败了其他学校，我们就可以去狂浪水上乐园了。”

现在会议室里的灯光很亮，两个年轻的妈妈和一个年轻的爸爸（是不是同一个年轻的爸爸？）在里面清理桌上的空间，为接下来的清算派对做准备。（盖勒街的座右铭：如果一份工作需要两个志愿者完成，为什么不多发几封绝望的邮件找六个人呢？）

这倒是给了我一个想法。

“汀宝，去你的储物柜拿背包。”

“我已经有了背包。”

“拿你体育课要穿的鞋。”

“为什么？”

“因为我们可以洗它们。”

“你想怎么洗运动鞋？”

“放洗衣机里洗。”

汀宝做了一个鬼脸：“你不能这么洗。”

“我不要现在进行这种谈话。”我说，“走，现在。”

汀宝踩着楼梯够着他的储物柜。

五年级学生刘易斯和克拉克的日记在墙上挂着，我假装有兴趣地阅读，然后从我的挎包里拿出钥匙，把它悄悄扔进了美元捐赠盒里。它几乎没有发出任何声响，这都归功于那些做好事的人已经捐出的美元。

几分钟之后，一位家长就会打开这个盒子，找到这串钥匙，然后归还给黛尔菲恩的妈妈。没有伤害，没有违法……吧。

透过二年级教室的窗户，我可以看见操场。有一些人拿着耙子在耕作，接着准备进来了。

准备走了，我打开挎包找车钥匙，有点儿奇怪，我低头一看。

黛——尔——菲——恩。

天哪！我转过身。

我的钥匙在美元捐赠盒里！在那个上了锁的美元捐赠盒里！

这让我想起了我还在纽约健康与球拍俱乐部的日子。他们经历过一阵更衣室的入室抢劫风潮，结果发现还是因为弹出式的挂锁太方便了。怎么打开这种锁？只要在铁环上挂上一条健身房毛巾，将两边抓紧，使劲猛拉就能打开柜子。我希望自己可以试试这一招。

挂满了刘易斯和克拉克的日记的墙上，孩子们还挂上了用树枝和石头绑在一起做的战斧，还有……皮绳！

他们还说上帝不存在。

我把皮绳从战斧上解下来，并来回折叠了好几次。

孩子们还在外面，几分钟后他们就要冲进来了。

我用皮绳穿过锁的两边，紧紧地拉住两端。我用力一拉，结果……

盒子从桌子上翻了过来，并咣当一声掉到了地板上！

我跪下来。这个该死的盒子还是锁着的，我抓过另一个战斧，开始敲打锁，怕是连鬼都不会放过我这个笨蛋。最后，这个锁的螺钉终于弹了出来。我撬开盖子，伸手进去，美元钞票到处都是。我找到了我的钥匙，取了出来，把带着黛尔菲恩标志的钥匙串扔进钱堆里。大功告成！没有人看到我。

除了汀宝，他站在那里拿着他肮脏的运动鞋。

“你有听说过‘潜意识’这个词吗？”我开着车下安妮女王山的时候，问后视镜里的汀宝。

“没有。”

“你的潜意识是你不为人知的一部分，它会带你去做一些你没有意识到的事情，想一些你完全没有思考过的问题。”

“哦。”汀宝的头转了过去，看着车窗外。

“就好像你身体里住着另外一个人，而这个人有他独立的想法一样，而且这些想法通常不是什么好主意。”

汀宝歪了歪嘴，盯着窗外砖砌的公寓。

“我想说的是，今天上午，我身体里的‘潜意识’让我拿了黛尔菲恩妈妈的钥匙。”

“是你的手。”

我调整了后视镜。

“我们回家以后，你想做什么？”我问，“玩猫捉老鼠？做比萨？我们可以看《我知道啊，对吧？》。”

“我可以自己看吗？”

我们在钥匙球馆外的交通灯前停了下来，六个光头的僧侣在我们前面走过了马路，他们穿着藏红色的袈裟，背着那些你在缝纫初学课上能学到怎么做的背包。在另外一个角落，行人拿着“能坐车就别走路”的标语牌等着，虽然附近一辆车都没有。

“西雅图，”我说，“我从来没有在一个地方看到行人这么不想过马路。”

“也许他们只是为了开心而已。”汀宝说。

好吧，真是当头一棒。

我递过礼品篮：“忘了刚才发生什么，好吗？”

汀宝一心一意地开始拆开蝴蝶结，结果只是把蝴蝶结收紧了。他从尾巴的地方往外拉，但是它们已经被胶水定型了。他想抓开玻璃纸的开口，结果只能放进一根手指。最后，他从杯架里拿出了一支铅笔，狠狠地刺破了玻璃纸。

“天哪，”我说，“真是费尽心思呢。”

僧侣们走到了一个餐车前排起了队。在卡车的前面有一个像镀铬鼻子一样的东西，上面写着“猪和屎”。

“你知道我们两个一起看什么最好玩吗？”我说，“《路珀沃什》。”

“凯特·奥看《路珀沃什》，她妈妈有DVD。这是她们最喜欢的节目。”

我把车开进了小道，打开了车库的门。

“这个节目的名字到底是什么意思，”汀宝问，“《路珀沃什》？”

“写试播集的女人有四个女儿。”

“维奥莉特·派瑞。”汀宝说，“她是你最好的朋友。”

“没错。她的孩子里，最大的是她自己的，其他的是从埃塞俄比亚、柬埔寨和其他地方领养的。”

“如果她们是被她领养的，她们也是她自己的孩子。”汀宝纠正我。

我把车滑入停车位，关掉了引擎。

“维奥莉特写了一个试播集，讲的是四个小女孩在名叫路珀的镇上的一个沃什湾玩耍，所以这个节目叫《路珀沃什》。”

“沃什湾是什么？”他问。

“是一片干涸的河床。”我调整了后视镜，好让我们能看到彼此，“我知道，这有点儿奇怪，你总是需要很多解释。那些女孩很好笑，她们讨厌科技和进步、嬉皮士，还有浪费食物。”

汀宝还在吃饼干，看着不太相信。

“相信我，”我说，“很好玩的。”

“听着很恶毒。”

“当你老了以后，会觉得恶毒的事都很有趣。”我转过身来，“作为女人，维奥莉特和我制作一部大人及小孩都喜欢的节目，节目里充满了社会讽刺，代表了女性力量——这是很重大的一件事情。”我转回头面向前方。

“你在哭吗？”汀宝问。

我打开车门，下了车。

“如果你不想看的话，我们不一定要看这个节目。”汀宝说着爬出了车子，还抱着礼品篮。礼品篮现在只残留着拉菲草，包装纸里空了，打开了的果酱罐子里剩下不多的荷兰薄荷糖。

“我的确想看。”我说。我们进了电梯，按下L层，门关上了。

“那我们从试播集开始看吧。”我说，“虽然节奏有一点儿慢，但是有很多很有意思的事情可以看。”

“比如说什么？”

门打开了，我们走向了角落的信箱。

“这个节目在匈牙利被手工上色……”我打开邮箱，垃圾邮件、垃圾邮件、垃圾邮件，“而剧本里面让小女孩用薄荷巧克力糖喂她们的马。”

“真的吗？”

“我们有一个工作人员声称小马喜欢薄荷巧克力糖——”

我看到了一个来自爵士夜店的大信封：内附本季门票。乔一定是不顾我的抗议又订阅了会员。但是这个信封非常轻，也许他听从了我的请求，只选择了几个节目。

“不管怎么样，”我把门票夹在腋下对汀宝说，“在匈牙利，他们拿到我们的设计稿，但是我猜他们一定很不熟悉薄荷巧克力糖，于是认为它应该是一种肉。”

汀宝静静地听着我说。

“我们没有时间纠正。”我说，“因为那个画面闪得很快。但是如果你慢速播放的话，你可以看到米利森特用一团肉喂她的小马。”

“我想看那个画面！”汀宝说。

突然，大厅里传来一个哭声。

“她在这里！”

悉妮·麦德逊！这个精瘦的跑步者穿着奇怪的水鞋向我迎面冲来。

我深吸一口气，想到了什么。

门卫阿耶在她的旁边。不管悉妮·麦德逊刚刚让他经历了什么，都应该超过了他的工作职权范围。

“埃莉诺，你没事！”悉妮抓住我的手臂大力摇晃，“发生了什么？”

“都是我的错，我以为我们要一起吃午餐——”

“没错，我从你那一堆语音留言里也是得出了这个结论。”悉妮因为喘气，用了正常人两倍的时间才说完这段话，“我的手机关机了，因为我刚刚在开一个两个半小时的会。我出来的时候，你已经给我留了五条言。”

“我觉得自己好蠢。”我说，“我完全没事。”

但是悉妮·麦德逊的潜力远不止如此。“我试着给你打电话，但是没人接；我又试着给你家里、餐厅打电话。我来这里，让这位年轻人带我去敲你们家的门，但是他不让我进你的公寓。我去了乔的办公室，他们说他去度假了。”

“她的头被撞到了，”汀宝插进话来，“在博物馆里。她晕过去了，把自己的手机丢掉了。”

悉妮把我的刘海撩到了一边，表情看起来很吃惊。我把我的手举到了额头上。

“哦。”我退缩了一下，头上的包摸起来肿得像鹅蛋那么大。

“你去医院检查过了吗？”悉妮问。

“我没事，”我说，“上楼躺着就好。”

“这恰好就是你最不应该做的一件事。”她说，“埃莉诺，检查有没有脑震荡有一个流程。你有没有用脑震荡的 app 测试过呢？”

“还有关于脑震荡的 app？”汀宝问。

“等等，”悉妮说，“请不要告诉我，你头部受伤还开车了。”

“嗯。”汀宝笑得很可爱。

“我已经坚持好多年没跟你说了，”悉妮一颗缓慢而坚定的泪水流了下来，“但是现在因为你的所作所为让我担心不已，我现在必须直说了：你必须找一些代办公司，为你的生活负起大大小小的责任。”

还有什么比听到“代办公司”更能抹杀一切乐趣的吗？你想说“代办公司”就说吧，但是你这样就不能跟我做朋友了。

“你一半的时间走在这个世界上，另一半的时间谁知道你在哪里？”悉妮继续说。在水上乐园里，一些游乐设施上会有一个标志：你会被淋湿。悉妮走到哪里都带着一个巨大的标志：你会被无聊死。

“我很忙，”她说，“我取消了一个约会才来找你的。我在停车场里走来走去想找你的车。我看到了乔的，但是没有你的。我快担心死了。你好像从来不考虑别人的感受似的。”

“她给你买了这个。”汀宝递给悉妮那个玻璃包装纸被撕开、食物被吃了一半的邋遢的礼品篮。

“我带你去医院。”悉妮伸过手来，“你不能开车。”

“好，”我把钥匙交给她，“我去。”

“你真的去吗？”汀宝问。

“让我上楼拿一下我的保险卡。我马上就下来。汀宝，我们走。”

在我们的公寓里，我直接去了实用壁橱。我打开一个老式的面粉罐，里面藏着我们的备用钥匙。

“妈妈，你在做什么？”

“做点儿好玩的事。”

回到了电梯，汀宝试着按 L 层。我及时制止了他，然后按了

P2层。

“悉妮说她看到了你爸爸的车。”我解释说，“如果这是真的，那么事情就有了一个重要进展。”

“是吗？”

汀宝跟着我进入底层的车库。乔的车果然在他的停车位里，他的停车位在我的下一层。（他是不是特别让人喜爱，竟然给了我更好的停车位！）这就是为什么我进来的时候没发现他的车。我用他的备用钥匙打开了车门。

“我们要上车吗？”汀宝问。

我启动了引擎，等着显示屏启动。音响里传来了乔喜欢的电台的疯狂乐队的即兴音乐。

“呃，”我关掉了音响，“现场音乐会就是要听现场才能保持原味，不然，跟吃放了一天的不新鲜沙拉有什么区别？”

汀宝在后座大笑起来。

“怎么了？”我问。

“放了一天的沙拉！真好笑！”

“哎，”我说，“我还一直认为你听不懂我的笑话。”

“我听得懂，”他说，“只是大多数时候都不好笑。”

我们的社区出现在GPS上，我上下浏览菜单选项，直到找到行程追踪。我打开了它。

在屏幕上，还是我们的社区，但是被一圈圈代表乔所驾驶的路线的虚线所淹没。我缩小了地图，想看看乔更多的路线。

我们的公寓和他的办公室之间组成了最厚的线。但是，在我们的公寓和距离约八千米远的神秘目的地之间也有一条几乎一样粗的线。那是马格诺利亚，一座宁静的山上社区，一个我们从未去过的地区。谁也没有理由去那里。

“你在干吗？”汀宝说。

我放大了地图，发现是一个住宅区。不好。

“进来，”我说，“系上安全带。”

我们从地下车库螺旋上升，进入交通道时，我忍不住偷看了一眼。悉妮·麦德逊再一次看到了我们，用飞舞的手臂和可怜的阿耶说话。当他意识到第三大道上带着滚滚烟尘而去的车里是我和汀宝时，他的眼睛变大了。

“你还记得我说你的潜意识是你内心深处的一部分，有时候会有不好的想法吗？”我对汀宝说，“现在不是潜意识在做事。现在是我——你的妈妈，在执行我完全了解严重后果的一个坏主意。”

跟着这些电子面包屑一样的踪迹，我从北角的角落拐向艾略特大道。太阳灼伤了我的眼睛。我降下了遮阳板，一张照片掉下来，是我们三个人去年在皮阿拉普的州际博览会上抚摩安哥拉兔子时照的。一波不安感袭来，那是回忆里的快乐。

“哎呀，”汀宝说，“我可以看一下吗？”

我把照片递过我的肩膀。

乔和我搬到西雅图之后，我们去了州际博览会，那是我第一次去。从此它成为我们的家庭传统。当然，像我这样的纽约客，对于前去的同伴们的平均体重以及穿得和假释犯一样的风格感到震惊。每个角落里都有泪珠型的拖车在卖覆盆子烤饼，还有标志牌上写着“华盛顿州的骄傲”。我想，华盛顿州真是惨，因为这么一点儿破事而骄傲。

这对我来说也是一种娱乐。我们本想着，大不了就是对笔上的山羊惊叹，对排列成华盛顿州旗形状的蔬菜赞叹不已，和他们聚在一起围观清洁珠宝。我一定是站了太久，又或者是九月的热风，但是当我看到乔在看小猪比赛，发自内心喜悦地欢呼的时候（“你看！它们正在追一块奥利奥饼干！”），我的防御心彻底放下了。我真真切切地感受到了这些白白胖胖的人的人性，这些华盛顿人与他们的枪、耶稣以及 BluBlocker 墨镜。

我想，纽约市，悲惨如你，你用对你的痴迷、你的前卫和炫目吸引了吸毒的妓女；你那拥挤的人行道，你像癌症扩展一般的明星建筑师设计的普拉达商店；你关于房产价格的喋喋不休淹没了所有文明的对话；你的餐厅根本订不上位子，对所有人怀有敌意；你的廉价电视明星驱走百老汇上真正才华横溢的天才；你恶臭的街道堵满了装有深色窗户的黑色越野车，载着一个比一个有钱的变态。这能让你成就什么位置？

那一刻，我爱上了我们在破烂的华盛顿州的新生活，特别是爱上了乔把我拖到这里，把我从曼哈顿的最坏的自我中解救出来。

“你还记得去年，你不让我买漏斗蛋糕吗？”那是汀宝的外卖。他把照片递了回来。

“你为什么难过？”汀宝问。

“我担心我对你爸爸不够上心。”我说。

“没事，妈妈，你一直都是这样的。”

我在路边停车，把我的前额放在方向盘上。我胸口的呼吸突然变得很沉重。

“我不想这样，”我哽咽着说，“我不想这样的，宝贝。我真的不想。”

我解开了我的安全带，然后转身。

“你在做什么？”汀宝问，他的声音有点儿惊慌。

我笨拙地从驾驶员座位爬到后座。

“我想要抱你。”我嘟囔着说，挣扎着把脚拉过来。

“不要。”汀宝像鸭子一样坐在他的位子上说，“妈妈，住手。”

“我想成为一个值得你爱的人。”我像分娩一样气喘吁吁地说，“你值得拥有比我给你的更好的。”我卡在了驾驶员座位和后座之间，姿势极其不雅。

“哦，上帝，看着我。”我哭喊道，“我不知道我在做什么。”

“我也不知道。”他说，“回去。”

我把肩膀转过来，这样我可以面对车前方。汀宝用力地一脚把我推回到驾驶员座位上。

我揪住我的头发：“而现在所有的事情，我都表现得非常诡异和可怕。”

“忘了吧。”汀宝说，“好好开车。”

我开始在艾略特大道上驾驶，那是一个繁忙的交通要塞，有一条布满铁轨的繁忙大道和被遗弃的工厂，以及垮塌的拆了一半、正在等着成为绿色建筑认证的技术中心的房子。换句话说，这里没有行人。

这就是为什么一个向北走的人吸引了我的目光。

这不可能，我放慢了车速。

“哦，不是吧！”我摇下窗户，开始追他。

“怎么了？”汀宝问，“你为什么要停下来？”

“阿隆佐！”我说，“上车。”

他还在继续走。

“我不能那样做。”他的声音穿过了川流的车，“我不会回去的。”

“我在公交车道上行驶。”我说，“上车。”

阿隆佐生气地服从了我。他很焦虑，双臂交叉，拒绝跟我有眼神的接触。我继续开车。安全带警报像在愤怒地尖叫。

“安全带。”汀宝说。

阿隆佐没有动。

“他是不是那种需要区别对待的人？”汀宝问。

“什么区别对待？”阿隆佐说。

“没什么，”我说，“只是他不能说弱智这个词。”

汀宝拍了拍阿隆佐的肩膀：“打扰一下，我可以借你的电话吗？”

阿隆佐把手伸进口袋，然后把手机递过肩膀。

“阿隆佐，”我说，“发生了什么事？”

“我回到了好市多，看到的第一个东西就是软脚凳那么高的圣诞节饰品，这让我感到恶心，于是离开了。你知道多年来，我一直在写一本小说吗？本·勒尔[①]的经纪人说，当我把小说完成后，可以寄给她。”

“真了不起！”

“但我完成不了它，因为我的灵魂跟一个屠宰场一样混乱。”

“我那寥寥无几的生活已经可以用咖啡勺来测量了。”我同情地说。

阿隆佐把他的椅背调后了一点儿，以更好的视野看着我：“谢谢你同情我。但是我的地狱是我一个人的。”

“也许不是呢。”我说，“你知道我跟出版社有关于我出书的约定吗？已经取消了。我的编辑甚至不再混出版界了，她去奈阿克做奶酪了。”

“哦，不，”汀宝哭了起来，“我们要变成穷人了吗？”

“我和你？”我继续和阿隆佐说，“我们是艺术家。我们选择了这条路，路上百分之九十九的时间都充满了困难和拒绝，但是我们需要一起面对困难。这才是重要的。”

“请不要这样，”阿隆佐说，“你是一位嫁给有钱丈夫的女人，我

① 美国诗人、小说家。

们之间不过是课外辅导的关系，他们甚至试图因此解雇我。”

“谁？”

他说：“一个在互联网上什么都不知道的人，来自塔科马，长着一张大嘴。她有脸书，在‘职业’一栏下写着‘谈话的人’，谈话的人！她的话也只限于回响在社交媒体的大厅里。就算她拿诗集来擦嘴巴，她还是对诗歌一窍不通。”

“你和她有什么矛盾？”我问。

“她不知道怎么回事，对我撰写的诗歌大纲有意见，对她来说，大纲上有太多的已故白人男诗人。现在她正在到处分发一个在线请愿书，希望我被开除。我的阅读清单上有詹姆斯·鲍德温①、格温多林·布鲁克斯②，但他们只是‘我的象征主义的证明’。”

“她不是真的想让你被开除吧？”

“最好的人总是缺乏所有的信念，而最糟糕的人总是充满了激情。”阿隆佐伤感地说，“现在的大学生不会知道济慈③说过这句话了，因为他是邪恶的根源。还有沃尔特·惠特曼④和艾伦·金斯伯格⑤，哦，还有我，你不能忘记一样是白人的我，我也是邪恶的。如果能帮助世界变得更好的话，我会主动去死。但是，不，她只是想

① 美国黑人作家、散文家。

② 第一位获得普利策文学奖的非洲裔美国诗人。

③ 英国著名诗人。

④ 美国著名诗人。

⑤ 美国著名诗人。

让我失去我的家。她已经想清楚了。”

“我觉得这样的情况还是可以改变的。”我说，“但文化多样性恰恰是我主动选择不关心的议题之一。”

“你知道当人们争吵的时候，我在做什么吗？”汀宝从后面探出来，“我只要同意最后一个人就好了。”

“什么更长？猫还是甜甜圈？”后座传出一个机器人一样模糊的声音，吓了我一跳。我握着方向盘的手一抖，差点儿失去了控制。

“这是脑震荡的那个 app，”汀宝拿起手机说，他转向阿隆佐，“妈妈的头被撞了。”

“是吗？”

“它每五分钟会问你一个问题，”汀宝说，“如果你不能回答上来，你就需要去医院了。”

“在大多数情况下，猫更长。”我说，“这下高兴了？”

我沿着地图把车开到一个安静的街区：“呃，马格诺利亚，谁会想住在这里？”

“在一个要价只要六十万美元的房子里？”阿隆佐说，“我。”

“为什么乔会来这里？”我喃喃道。

“原谅我冒昧地问一下，”阿隆佐说，“我们在做什么？”

“爸爸一直背着妈妈去某个地方，所以她拿了他车的备用钥匙，我们现在在找他。”汀宝说。

阿隆佐在我和汀宝之间来回看。

汀宝说：“自从她头被撞到以后，一直在做糟糕的选择。”

我停在了地图虚线里停下的地方，这里是一个有很多改装得现代化的红砖房子的小区，拐角处是一座教堂，还有几栋类似的建筑。这里整体给人的感觉一点儿也不吸引人，房子看起来十分笨重，毫不轻盈，前院里栽着杜鹃花和一棵日本枫树，但并不时尚。如果乔的父母住在西雅图，其中一个单元很可能就是他童年的家。

“我完全不知道我现在在做什么。”我说着下了车。

整个社区诡异得安静，也许是好事。我很惊讶，那些嬉皮士至今还没有发现这里。如果我今天从这里逃出去的话，也许我会发现它的美妙。这可能是一个活够了之后，你在睡眠中死亡的完美地方，或者至少是个完美的捉迷藏地点。

我回头看了看，透过风挡玻璃，仪表板上露出了信封一角：爵士夜店。信封里有我们的订阅票。为什么这么轻？乔总是选择我们会去的节目……

我打开门，抓住信封。

“你要这个干吗？”汀宝问。

我转回身，撕开了信封，拉出了穿孔的票。

只有一张，乔只为他自己买了票。

“哦，不，”我说，“哦，不，不，不。”

车门砰的一声关上，阿隆佐冷静地走到草坪上，远离车子。他等着我走向他。

“也许你想说说发生了什么事情。”他说。

“每天早上，我穿上我的盔甲，那是由我告诉自己的一千个小谎言制成的盔甲：我是一个好妈妈，我正在写一本书，过去都是过去的事情了。但是今天，这个谎言爆炸了！”

模糊的音乐，沉重的节拍，一个性感的声音唱了起来。

我转身，汀宝已经爬上副驾驶座上，并高兴地跟着“他的”音乐跳来跳去。

“现在还发生了这件事！”我挥舞着门票说，“最大的谎言就是我有一个幸福的婚姻。因为一路走来，我的婚姻不知不觉已经变成一个有限责任公司，我们成了两个做养育小孩生意的成年人。当乔和我第一次见面的时候，我愿意和他一起去任何地方。不管他说什么，我都很痴迷，看到他的每一个小动作，我都高兴。你不会相信我们曾经在哪些奇怪的地方做爱！我们结婚后，我当然认为，这就是生活的样子。但那不是生活，那是青春。现在，乔自己去听爵士乐，而我开着我是一个多么冷酷和疯狂的人的玩笑。二十年前，我是苹果佬约翰尼[①]，充满魅力和智慧。如果你把手指放在我的脸颊上，它们会弹回去；现在，我的脸像苜蓿煎饼一样满是褶皱，人们看到我来，就会走到街头的另一边。这令人恶心。”

“不管怎么样，”阿隆佐说，“我很享受你在身边。”

“不可能。”

“没有人用你那样的方式吟诵诗歌。”他说，“你像诉讼既定事实一样背诵着，既不夸张，也不吝啬。”

① 美国历史上著名的苹果种植家。

“但是我是一个白痴。”

“你有初学者的头脑。”阿隆佐说，“但这只是我的想法，你总是指出一些我没有想到的东西。”

“只有这些。”我重复了今天早些时候的见识。

沉闷的流行音乐逐渐变成吵闹的流行音乐。

汀宝打开了车门：“妈妈！我知道爸爸在哪里了！”

阿隆佐和我交流了好奇的眼光，我们走了过去。

在 GPS 屏幕上，在“以前的目的地”的菜单下，有一个街道名称和数字列表。

“爸爸在这里写的地址是 900 号。”

“你真的很聪明呢，福尔摩斯先生。”阿隆佐说。

我环顾四周，我们站在 915 号前。

阿隆佐指了一下，在街道对面拐角处有一个巨大的草坪，在路边，黑色印刷的数字标示着 900。

在草坪后面是一个低矮的建筑：马格诺利亚社区中心。一把折叠椅支撑着的门开着。

“我甚至都不知道社区中心是什么。”我沉思道。

“嘿，汀宝，”阿隆佐靠着车子说，“你可以做一个侧手翻吗？”

“会啊。”

“好，”阿隆佐说，“你可以教我吗？”

我向阿隆佐感激地点了点头，往街那边走去。

一个机器人声音从汀宝手中的电话传出。

“芹菜是什么颜色的？”

“芹菜色。”我向我的肩膀后面喊。

我沿着草坪上的对角线走向开了的门。折叠椅上有一个装满新鲜挑选的海葵的玻璃罐子。

里面有轻微的掌声。

我走了进去……

我发现是一个比预想的更小的房间。

在一圈折叠椅上，坐着十个有二十来个文身的人。没有乔。

“欢迎！”一个穿着皮革背心的男人说，“你是新人吗？”

墙上的一张海报写着“这很容易，把事情简单化，一天一步，慢慢康复”。

哦，这下不好了。

所有的人都看向我，他们的表情非常慈悲，精神却非常萎靡，我忍不住开始向他们如实说道：“我来这里只是想找我的丈夫。他五十岁，约两米高，棕色头发带点儿灰，蓝眼睛。他应该不是酒鬼，我不认为他是，但我已经不能思考了，我撞到了我的头，带着我的孩子，他正在外面与一个其实是我花钱交来的朋友一起玩。我知道这是匿名的，你们也不喜欢告发彼此，但是，我真的、真的、真的很想找到我的丈夫。所以也许，我告诉你们他的名字，你们也不需要说什么，你们可以像所有的总统的保镖一样，如果知道的话，就点点头好吗？”

屋子里，令人不舒服的扫视飞来飞去，最终，他们把目光都锁定在了穿背心的男子身上。

“如果你的生活受到任何东西上瘾的影响，”他温柔地说，“我们还有文学。”

他指向一个铺满了小册子和书籍的桌子，在他们旁边，有一台咖啡机、一些随意摆放的杯子，还有标注了“性瘾者专用”的一盒榛子奶油。

“哦哦！”我说，“你们是性瘾者！我的丈夫不是那种上瘾者。”

也许我说话的语气不小心掺杂了厌恶的情绪，一个女人开始轻声哭泣。

“那我还是走吧。”我一边说着，一边向后退，“你们……尽快康复。”

我走到外面，用手遮住了我的脸，站着呻吟。

“你就是他！”汀宝的声音跟着微风一起吹过来。

我抬起头。

在微风的另一头，阿隆佐和汀宝追逐在另外一座圆形建筑的外面。

那里用二十世纪七十年代的字体写着“耶稣基督”。

那是教堂。我沿着开阔的道路走着，两边还有新鲜种植的羽衣甘蓝和紫色的三色堇。

我抓住黄铜门把手，它几乎和板球棒一样粗大，推门进入了一个天花板低低的、铺有地毯的前廊。对，前廊。在十几年前的某个“每日一词”的日历里我见到过这个词。而在那些我所有忘记了的词里，不包括“前廊”这个词。

阿隆佐坐在立式钢琴上，靠着墙。

“你最喜欢的歌是什么？”他问汀宝。

“《狠狠爱你》。”

“我不知道那首歌。”

“是潘西·金曼的歌。”汀宝说，“是《我知道啊，对吧？》里面的明星。”他注意到了我，“你去哪里了？”

“没有哪里。”我的眼睛生疼，也许是因为从阳光走进黑暗里……我需要坐下来。

“给我几分钟时间。”我对阿隆佐说。

我拉开门，通向教堂的大厅（显然，这不是“每日一词”里的）。

“你要去教堂吗？”汀宝问。

“我要进教堂了。”

阿隆佐在钢琴上弹奏了一个快活的前奏，开始唱歌。

“如果不是因为有棉花一样温柔的乔，我很久以前就会结婚了。你来自哪里？你要去哪里？你从哪里来，棉花一样的乔？”

★

我走了进去，教堂向我敞开着，光从高处的彩色玻璃照了进来，更多的光从两侧透明的玻璃窗里照射进来。红色的许愿蜡烛在燃烧，香味萦绕在空中。

我坐下来，任凭思绪淹没我。

巴克竟然引用了佛祖的话，而我却像是一个轮子扁了的购物车，来回兜着圈子。艾维在机场里站着，她沉默地肯定是时候放下筷子了。

她之所以这样做，原因再明显不过了：巴克的世界是建立在排除普罗大众的基础上的。进入他的世界的入场代价是对他保持奴隶般的忠诚。在艾维吐露了关于她婚姻的真相之后，她只能选择他或者我。

真是深刻！正如维奥莉特说过的那样："洞察力是最傻的奖品。"我不想要洞察力，我要我的妹妹回来。

"对不起，埃莉诺，"凌晨三点钟，艾维像是闹鬼一样对我慢慢地说，那时乔在我身边平静地睡着，"这是我不得不做出的恶心选择。你要记得，我真的看到了你的自我。我爱你，你是我的家人。"

然后，我醒来，冷汗涔涔，我被抛弃了，像是一个被极度厌恶我的怪物附身了。那个早上，我回到了我的日常生活，但只有我知道，那只是我日常生活的一个重复，因为我的秘密很耻辱：我已经被压缩成了一个想念艾维的东西。

★

我碰到了我旁边的空座位，每当我为我妹妹心疼的时候，我就会这么做。

坐在我身边时，我会觉得很舒适的妹妹，那个“总是会顺路过来看你”的妹妹。正如斯宾塞所说，只是想象她的肉体、她的四肢，我的体内就有什么在沸腾。弗拉德女孩，又一次准备去征服世界了。

“对不起。”是汀宝。他打开门，把他的头伸了进来，“你能说出三个欧洲国家吗？”

“西班牙、法国和意大利。”

汀宝给我比了一个大拇指，关上了门。

这周，我又开始胆怯起来。我告诉上帝那个麻烦缠身的抒情诗人的故事，我曾经花了好多不眠之夜来修补的故事。在故事里，巴克是恶人，我是受害者，艾维是小卒。我的声调如此冷静，好像是一个事不关己的人在诉说这个故事（那个小技巧再次出招）。我的胆怯说，一个人最难以忍受的不公正是“仇恨与误解”。

“如果还有更不能容忍的事情，怎么办？”我问上帝，“比如说，仇恨与理解？”

那天巴克在机场所说的关于我的事情，没有一件是错的。

“你想要试试有坚果味的豪达奶酪吗？”对不起，乔伊斯·普里姆，你卖奶酪只是因为你想要我真实的生活故事，但我已经在上面打了一个叉。

★

我抬起我的脸。

带着灰尘的光是秋天的颜色，也是二十世纪七十年代的颜色：橙色、芥末黄、棕色、橄榄绿的混合。彩色玻璃看起来更像是从彼得·马克思[①]或米尔顿·格拉泽[②]处得到的灵感，而不是基督教；一个耶稣的画像带着像鲍勃·迪伦的专辑封面上一样柔软的彩虹色头发。一个星期天，妈妈很高兴地回到家里，因为合唱团唱了《福音》里的《日复一日》，这首歌宣布了女人被允许穿裤子上教堂。在这一年，她去世了。

爸爸称我们三人“我的女孩”，妈妈称我们两人“我的女孩”，看到弗拉德女孩现在彼此疏远，对他们来说是多么丢脸啊！

在艾维、巴克和混乱的过去之间建起一座墙，看起来是当时唯一的解决方案。多年过去，它已经发挥了效应。但在今天，墙上出现了一个凹痕。

我站了起来，心里像小行星一样沉重。

① 以在作品中使用明亮色彩而闻名的美国艺术家。

② 美国平面设计师。

今年五月，我就五十岁了。我有什么成就？对大多数人来说，他们都成为某个梦想里的一部分。而我曾经想要在这辈子实现的目标，我都已经优雅地实现了，除了要好好爱我最爱的人之外。

现在是时候尝试新的东西了。但是，应该尝试什么呢？

阿隆佐和汀宝在玩耍。

“它跑哪里去了？”阿隆佐问他，“等等，在这里！”

“在哪里？”汀宝上蹿下跳。

阿隆佐把手伸到汀宝的耳朵后面，拿出来一枚二十五美分的硬币：“就在这里！好奇怪噢！”

汀宝尖叫起来，从他的手里抓过硬币。

“好奇怪噢！”阿隆佐说，转向我，“找到什么了吗？”

“什么都没有。”我说。

我们三个人一起对着下午的太阳眯着眼睛，沿着小道朝着车的方向前进。

那个聚会已经解散了，几个瘾君子在附近喝咖啡和吸烟。我走近他们。

“嘿，”我说，“我想跟你们再次为了我中断你们的聚会而道歉。”

“没有人是完美的。”那个穿着背心的人说。

脆弱的女人小心翼翼地看着我，啜了口咖啡，她的马克杯是涂色游戏的特别版。从那杯子的厚度和粗糙的釉面就可以看出来，我绝对不会搞错的。

我以为我又在做梦了。

“我可以看看你杯子的另一边吗？”我问。

她把杯子转了过来，是一个幼稚的拐杖的涂鸦和“爹地”这个词。

是汀宝那种反向写法的 Y。

“乔，”我说，“他在这里！”

所有的眼神都快速地移开。

我沮丧地哭了起来：“附近有没有人不是任何瘾君子？这是我最重要的问题。”

“早些时候离开的人都坐公交车去钥匙球馆了。”一个女人弯下身子抓起一只猫说。

“去哪里？”

“钥匙球馆。”

钥匙球馆是西雅图中心的一部分，在城中心占地近零点三平方千米，一九六二年的世界博览会曾在这儿举办。当年的场地如今有五座博物馆、七座剧院和一些餐厅，却连个停车的地方都没有。我咬了咬牙，叫来代客泊车的服务生。

当我们匆忙进入西雅图中心时，我的目光随着高高在上的太空针塔升起，那炙热的白色聚光灯与周围暗沉的天空形成鲜明的对比。

“我能尿尿吗？”汀宝说。

“快点儿。”

“我带着他。”阿隆佐说，然后他们一起走进了儿童剧院。

我走到露天平台，靠在铁栏上，眺望着广阔的天地。

夏天结束了，红色的爆米花马车被锁上，靠在一面水泥墙上。每个黎明，成群的男人到这里，扫走了地上的树叶，也扫走了秋天到来的迹象。垂枝的日本枫树已经染上了柔软的三文鱼的颜色，草坪仿佛被吸尘器清理过的地毯一样，被修剪成了一道一道的。游客们在漫步着，反复折叠着地图。一个长着胡子、扎着辫子的二十多岁的男人走过，脖子上挂着科技公司的牌子，跟着步伐左右摇摆。中央巨大的喷泉在喷水，五十个喷嘴指向天空，全部与音乐同步。那暴风雨一样激烈的古典音乐，仿佛是从我遥远的栖息之地传来的。穿着不同裙子的小孩在喷泉的路堤上上蹦下跳，想要躲避不可预期的喷水，但在他们失败的尝试中战栗着。冬天的前夕来了。

钥匙球馆出现在我们的视野里，它就是一堆丑陋的混凝土。即便是在一九六二年刚建成的时候，也很难有人认为它是美丽的。披头士曾经在这里演出，猫王也是，这是超音速队赢得冠军的地方。但这都是过去式了，超音速队离开了，去了俄克拉何马州，没有任何 NBA 球队想与这个鬼地方扯上关系，乐队也不愿意在这里表演。用脑子想，你也知道这个地方应该被拆除了，但总有人强烈抗议。除了他们自己的感伤和依恋，抗议者们找不到任何值得推荐它的地方。

阿隆佐和我一样靠在铁栏上。

“我想回家，”我声音带颤地对阿隆佐说，“我不想知道乔去哪里了。”

“我也是！”阿隆佐笑着说。

“汀宝，我们走吧。”

但是汀宝已经走了，朝着山下一群不起眼的散步的人跑去，看起来他们正在摇摇晃晃地走向星巴克。

“爸爸！”他哭了起来。

其中一个人是乔。

我母亲的经纪人是年轻的剧院经纪人山姆·科恩，那时候他还没成为传奇的那位山姆·科恩。她在我们杂乱而廉价的上西区公寓里为他举行了惊喜的生日派对，她设计的大反转是：每一个客人都必须带一个山姆从来没有见过的朋友。当山姆真正的朋友都藏在仆人的楼梯间时，山姆走进一个满是陌生人的房间，他们喊着“惊喜吧”。

★

现在，那个惊喜的人是我，扫描着未知的面孔，想要放心地看到这些漫无目的的人。

他们像动画片里面一样笑着聊天，仿佛想给我留下好的印象，熟悉的沉默还没有出现。

乔发现了汀宝，他的脸明亮了起来。他把他的咖啡递给了一个陌生人，正好赶上了汀宝跳进他的怀里。汀宝的腿很长，看起来像是乔正抱着一个成年人。

乔环顾四周，发现我靠在铁栏上。

我向他挥挥手。

乔摇了摇头，却并不是悔悟的样子，这几乎是……我敢说……他一直都在迎接着这奇妙的瞬间。

第六章　计划

埃莉诺回到了三十岁的时候，那时她穿着毛边牛仔短裤和印满红玫瑰的衬衫，赤脚踩在沙子上。

乔当时已做住院医师两年了，在长岛南区医院的急诊室里轮夜班。星期五的晚上，总是有狂欢者因酒精而受伤，但从来没有人像弗拉德女孩一样迷人。

艾维总是能第一个吸引你的目光，她一米八高，乳白色的皮肤透亮，灵动的黄色裙子因为下摆拖在地上留下了黑边。她有一种让你忍不住想伸出手确认她是否真实存在的气质。埃莉诺是那个受伤的人，她的右手挂在一条床单制成的悬带上。

“告诉我发生了什么。”乔说。

埃莉诺有绿色的眼睛，脸上有粉尘一样多的雀斑，她很漂亮，但不是两姐妹中最漂亮的那个。

“你知道，当你沿着海滩散步，”埃莉诺有点儿发火地说，“看到那些摇晃的甲板房子，然后你想，哪个白痴会傻到站在那种甲板上面，更不用说在上面举办桶装啤酒派对，邀请一百多个人来参加吧？”

“答案是……”艾维指着埃莉诺。

“我们来看看伤势。”乔把埃莉诺的手臂放在旋转实验台上，小心翼翼地解开床单。

埃莉诺环顾四周，像是不放过检查室的任何细节似的。乔看着她环顾四周，发现自己放低了目光。他的视线降落在她腰间的曲线上，穿过她低胸的衬衣之间的缝隙。他马上抬起头。

她的手腕肿得很严重。

乔伸出他的手：“你能挥挥看吗？”

埃莉诺畏缩了，却一根手指也不能动弹。

“我是右撇子，”埃莉诺在乔检查的时候告诉他，“手是我的饭碗。如果我不能握笔，我的人生就完蛋了。”

“或者至少变成比较不方便的人生。”艾维对乔说，仿佛埃莉诺不在房间里一般，“她总是夸大其词。”

“所有能改变生活的工作都堆在了我身上，在我还没有签合同之前发生了什么？”埃莉诺说，“租了一个在火岛上的房子，并举行一场派对。”

“我想让它成为一个主题派对。”艾维说，噘起了鸭子嘴，“现在是六月二十一日，正是仲夏。”

“你每天穿得像泰坦妮亚[①]一样。”埃莉诺反击她，然后转向乔，“什么样的山区乡巴佬会做这种事？我根本没有钱，还非要举办一个桶装啤酒派对！”

“我们来拍 X 光吧。”他说。

“我——的——天！”埃莉诺说，“你的 T 恤上是什么？”

乔打开他的白大褂检查了一下他的 T 恤，那天早上他穿的是水仙花一样的黄色，有一个欢快的蓝色小丑和几个字：迈耶 · 马尼亚。

艾维走了过来，两姐妹的目光都聚焦在他的身上。

“迈耶 · 马尼亚？”艾维说。

“是的，”乔并不是那么兴奋地说，“我有这件衣服好久了。”

“那是什么呢？”埃莉诺问。

“我的理论是，迈耶一家为了某次家庭大团圆做了这些 T 恤，因为他们可以不用加钱就选一个图案，所以他们选了一个快乐的小丑。”

“那你为什么会有这件衣服？”埃莉诺说。

“我在大学的烘干机里找到的。”

埃莉诺非常激动，她用她好的那只手抓住了艾维，艾维也抓住了她。

“怎么了？”乔问。

“我们可能爱你。”艾维说。

---

① 莎士比亚《仲夏夜之梦》中的人物。

X光片显示了埃莉诺有明显的骨折。乔重新为埃莉诺的手腕正骨，他很惊讶，她看起来没有比刚才更痛苦。

“哦，我很痛苦。”埃莉诺说，“我很擅长处理痛苦，但我不能应付的是不舒适。”

“你赢了！”艾维戳着埃莉诺说。

埃莉诺大叫起来，有那么一会儿，这两个大笑的姐妹沉浸在了欢乐之中。

艾维向乔解释：“我们在进行一场比赛，我们俩都试图证明自己的性格更有缺陷。”

乔试着理解这要怎么计算。

“你得到二十分。”埃莉诺对艾维说，“我的生活已经结束了，而你正在盯着自己。”

艾维踮起脚尖，看着她肩膀后自己在高墙上的倒影。

“谁帮帮这支水仙花，在她爬上柜台之前给她一个镜子？”埃莉诺说。

“她的职业生涯结束了，对吗？”艾维问道。

“不会的。”乔说，“我在她体内植入了钢板，她的手应该在两个礼拜后就能拿笔了。”

“钢板？”当着这一小群人的面，埃莉诺哭了，“你好，维奥莉特·派瑞，我在一个甲板上，结果它坍塌了，还弄断了我的手腕，所以你得另外找一个动画总监了。哦，为什么这一切会发生，而又为什么会正好发生在我的右手呢？我的人生总算开始顺利了——”

“别说话了。”乔突然大声说，但埃莉诺还是没有停止说话。

艾维低声说：“哎呀，真是的。”

“这个世界不是你的朋友。”乔说，“不是什么事情都是设计好让你顺心如意的。你所能做的就是做出决定，接受那个动画工作，然后在那个工作上发光发热。”

埃莉诺的脸上露出了微笑：“而且我要星期一给你打电话。”

“那你星期一要给我打电话。”

“哎呀，真是的。”这次艾维大声地说。

二十年后，他们拥有了汀宝，公寓买了又出售，东西打包了又拆包，跨越国家的一次搬迁，父母的葬礼，事业的成功和失败之后——乔怎么能告诉埃莉诺，他的人生道路已经走向了一个与她无关的方向？

五十年来，他的生活底下都有一栋隐藏的建筑，就像飞机地板上的过道灯光一样。它们总是在那里，嵌入飞机的一部分，除非有紧急状况，你没有必要注意到它们，而它们会一闪一闪，带领你安全地飞向目的地。

一个月前，这种紧急状况就发生了。那是一个微风习习的星期天，是海鹰队开始赛季的日子。像往常一样，乔提前两个小时到达了世纪互联球场，以便照顾球员。

首先上场检查的是沃特·达盖特，一名谁都希望他能保持安全距离的大明星，他在上个赛季结束时患有严重的桡骨远端骨折。乔当时给他开了刀，插入了一块钛板。他的骨骼在夏天时很好地痊愈了，星期三的时候还有一点点肿胀。乔希望一针可的松能够足以缓解肿胀，让沃特上场。

教练卡罗尔咀嚼着口香糖，在监察室外来回踱着步。还有不到五分钟，他就要提交决赛名单，他需要沃特能在名单上。

“感觉怎么样？”乔压着沃特的手腕，笑着说。

“很好。”沃特微笑着说，他知道乔知道他会为了上场说出什么话来。

“有什么还感觉僵硬的地方吗？”乔问。

“你懂的。”

训练师戈迪吸引了大家的注意。乔转过身来面向他。

“那我们给他做一个填充的夹板吧。”

“谢谢医生。”沃特说。

皮特·卡罗尔走进来：“现在，你们都好吗？”

乔点点头。

“准备好打一场球了吗？”皮特给了沃特一个懒散的握手。

“所有的一切都在上帝的计划中。”沃特说。

“我想你的意思是，所有这些都在桑德斯型骨折夹板的计划中。”乔说。

“现在该听我的计划了。”皮特出了监察室，充满了活力，“谢谢你，乔！”

“我的全家人都来了。”乔切开泡沫板的时候，沃特说。

“我的妻子也来了。”乔说，“这是她看的第一场比赛。”

“第一场比赛？”沃特猛地回头，发出了一串长长的、同情的笑声，“哦，天哪！”

乔什么也没说。

沃特很聪明。埃莉诺一开始不去看比赛是可以理解的，但是时间一久，就变得很烦人了。再久一点儿，就感觉是针对个人的不满了。这就是为什么乔今天坚持让她来看比赛。

乔调整了夹板，可以给沃特的手腕很好的稳定性，但还可以让手指充分移动。

“第一个回攻抄截是送给你妻子的。”沃特说。

“她只会期待你表现得更好。”乔说。

乔继续检查了其他球员和他们的小问题，一个膝盖疼，一个背部抽筋，一个因为人字拖扭伤了脚趾。

比赛快开始了，乔发现自己在球员和工作人员上场的人流里。气氛很高涨，但也不是特别高。这预示着胜利。

球队在阴沉的通道口等待着他们的上场提示。海鹰队魅力四射，穿着黄色背心的摄像团队拥了进来。当摄像机的灯光开始拍摄时，队员们像阿米巴虫一样挤在一起蹦跳着、喊叫着。

乔半路躲开了，他找到了他的朋友凯文——另一位跟队医师。他同意今天因为埃莉诺少见的出席而主要负责今天的比赛。

“我会在场边。”乔说。

"好的，"凯文说，"如果我们需要你的话，我会给你发短信。"

乔亮出了他那张闪亮的票，开始往上走。

乔从回荡着愉快回声的水泥大厅走向一个四处摇晃、闪闪发光、由七万名球迷组成的蓝色海洋里。场上白色的灯光照得草坪像是假的，九月的天空因为黑色的斑块而变得阴郁，一缕云在他们头上积聚。风拂过了乔的脸，他在咸咸的空气中呼吸。

《危险边缘》[1]的冠军、西雅图人肯·詹宁斯[2]举着写着数字12的大旗冲到铁栏上，把一条拉力赛毛巾甩在头上，把现场狂喜的人群搅得更加激动。即便是开球的警笛，也不能与这骇人听闻的吼声相抗衡，整个体育场都在脚下晃动。

开始比赛！

红衣主教队成功地接住了球，球迷一片失望的叹气声，像海上的波纹一样散开。

乔在长廊上徘徊，沉浸在乐观的情绪里。他多希望汀宝也能在这里！乔周一要做的第一件事就是为在主场的比赛多提交一份门票申请。晚一点儿在他出球场的时候，要去粉丝商店里多买几件一模一样的球衣。

"如果你不用那个证件的话，我们会把它拿走。"两个金发的售

① 美国智力竞赛节目。

② 《危险边缘》最长连胜纪录保持者。

货女郎说，她们的头发里还混着蓝绿相间的脏辫，对乔和他脖子上的证件抛着媚眼：可进入球场和更衣室。

乔笑着把挂绳塞进了他的衬衣里。他开始沿着散落一地爆米花的台阶向上爬。每走几步，都有一个微醺的白人男性与他击掌。

“海鹰队！”一个忘了还拿着啤酒的人尖叫着，琥珀色的液体洒落在他的手上。他开心地喝了一口。

每一张脸上都写满了这样的话：我们来到了这个地方，最好的地方。这种集体的骄傲感染了走在J排路上的乔。

他的座位号是6，他扫视了一下，寻找埃莉诺，也许她还没有到。

“对不起，大家。”乔开心地说，向他的座位走过去，“我也不喜欢这样。”

埃莉诺在那里坐着，双腿交叉，双手抱着放在腿上的挎包。她站起来为乔让路。

“嘿，宝贝！”乔不得不大叫，“你能相信这里有多么疯狂吗？”

“我知道！这一排排的就跟切开的西班牙火腿一样紧密，你得像小扁人斯坦利[①]一样才能走过来。”

“你说得也对。”他说着在她脸颊上亲了一下。

“哦！”她说，“我刚刚路过了酒店套间，你去过了吗？”

“我应该没有。”

① 美国同名系列儿童书中的人物。

红衣主教队的进攻已经占领了球场，这是这一年的头等大戏，他们获得了五分。

“哎呀，”乔说，“我们本可以制止他们的。”

周围的人紧张地同意了。

“那里，”埃莉诺说，“有瓶装的水和大碗的水果拼盘，不过看起来是罐头水果，至少苹果是新鲜的，你知道我怎么知道的吗？”

“亲爱的，”乔说，“注意看比赛。”

一个传球，红衣主教队的四分卫出手……被拦截了……是沃特!

“真是我的好家伙！”乔欢呼雀跃。

一阵沸腾的鼓掌，乔收到了来自四面八方的爱。

在下面两排，有四件球衣正在跳动：达盖特、达盖特、达盖特、达盖特。那是沃特的家人，乔在医院里就认识她们了：他的妻子克丽茜和疯狂的女儿们——米凯拉、艾莎和凡妮莎——正拍摄了视频重放。

乔感觉到他脸上有什么东西。

是埃莉诺的拇指，上面有什么东西，是一个苹果上的贴纸。

“看看我差点儿被什么呛到了！”她说着露出了一个笑脸。

他冒出了一丝黑暗的想法。

她不想在这里，她不喜欢我喜欢的任何东西：爵士乐、纪录片、骑自行车。如果这不是她的想法，她会坐在那里露出令人不安的可怕面孔。我的妻子是一个独行侠，她一直是一个独行侠。为什么我才注意到？

“你不必留下来。”他说。

“嗯？”

“我的计划不是来折磨你的。”他说，“我的计划是让我们一起享受这个比赛。”

她的脸放松了下来：“我最近有跟你说我爱你吗？”

乔笑了，这是他们最不喜欢的范·莫里森[①]的歌。

“声音不够大！”一个声音在场内爆炸了，那是麦可莫[②]预先录好的视频在大屏幕上亮了起来。

上第三垒了，每个粉丝都知道现在应该怎么做：站起来，用尽所有力气尖叫。乔加入了他们，把手放在嘴边开始尖叫。

他转向埃莉诺，她已经走了。

在他的肩膀后，在球迷之间，他看到她正在爬楼梯，一步爬两级。

真的难以置信，她竟然真的走了。

她的座位还没有完全升起来。这种难以置信，这种愤怒，这种被异化的感觉。

这个空椅子。

乔向后笨拙地倒下，一只脚垂直踩在一个塑料海鹰手提包上。

① 北爱尔兰创作型歌手、演奏家、唱片制作人。

② 美国说唱歌手。

乔拿起来，里头满是破碎的化妆品。

“啪！啪！啪！”

三个站在上排的兄弟会男生鼓起了那种缓慢的、讽刺的掌。

绿色的闪光指甲抓住了包，一个戴着亮片头盔、穿着粉红色迷彩T恤的女人气急败坏地哭着。

“我很抱歉。”

“坏了很多吗？”她的丈夫喃喃道。

“那是我最喜欢的腮红！”女人哭了起来，“现在盖子裂了。”

“啪！啪！啪！”

乔的体内有什么愤怒在酝酿，他的眼睛在兄弟会男生和这一对夫妻之间来来回回移动。

“你们是认真的吗？”他说。

他们避开了他的目光。

乔离开了。他摇摇欲坠，沿着小路慢跑，穿过通道和零食摊，还有它们肉味十足而又倒胃口的发酵气味，穿过楼梯上焦虑的迟到球迷。在平台上，闪亮的丰田卡车在风中倾斜，几乎快翻了过去。

他向标记了限制通行的蓝色门帘旁的保卫闪了一下他的通行证，沿着水泥地上蓝绿色条纹前进，又向左转。

上面写着“此门通往球场”。

“华莱士医生！”守卫明娜——小马队[1]的秘密球迷叫道，然后让到一边让乔通过。

白色的煤渣砖走廊上写着巨大的蓝色字：

获得胜利。

总是竞争。

我们开工吧。

从不放弃。

乔的胃被这些刺目的字眼所占据了。

他的心思不对。

送钱给他父母的举动，那些慈善旅游，那些筹款活动，那个飞往肯尼亚的二十六小时航班，那些他额外花在病人身上的时间，那些在陆军妇女军团的举重，那种好奇心，那种善良，那些发给埃莉诺的可爱链接，那些和汀宝一起建造的蒸汽引擎，那些在进入游泳池之前洗的澡，那些表扬了客户服务人员的小纸条，那些在人行道上捡垃圾的拾荒人，那条前往电子废物中心的路程，将恒温器保持在二十摄氏度，不能浪费的晚餐券，总是让其他车辆先行的习惯，为了记住办公室员工的名字所用的助记符，不加盐的马铃薯片，线索游戏，结肠镜检查，让给埃莉诺的停车位，每周在艾略特湾购买

① 印第安纳波利斯的美式橄榄球球队。

的精装书，重新给鞋子缝底，给酒店女佣小费，重新装满冰桶，给短信加标点——

“轰！”礼炮的轰鸣在赛场上炸裂开来。

一个猎物向他走来。那是一只活生生的西雅图海鹰，它坐在训练师的手套上。乔路过的时候与这只鸟四目相对，它的头部慢慢移动着，它那直视灵魂的凝视展示了它的智慧和疲倦。

随着乔走上球场，他的肩膀猛地张开。

海鹰队的啦啦队在场上慢跑着准备站位，一共八排两列，疯狂地随着 *Dirty Deeds Done Dirt Cheap* 开始舞蹈。她们有着像树皮一样厚的妆容、塑料的乳沟、肉色的紧身衣：真是对大自然的侮辱。

乔移开了目光。

红衣主教队再次接到了球，海鹰队必须三档出局。教练和球员在场地的远端集合。

乔在离他不到五十步的地方发现了训练师戈迪，只是看见戈迪都让乔有一丝放松的感觉，他们是一伙的。

靠近戈迪的是球队的“灵活性专家”，其实是一名瑜伽老师，他是一个拥有纤细双腿的小矮子，总是戴着一个印花围巾。他说了什么让戈迪开怀大笑的话。

乔快步走过去，热切地加入了友情队伍。

但是，在戈迪的手中有一个夹板，是那个夹板。

乔扫视着球场。他们的防守已经就位。他找到了 27 号。

达盖特背对着乔，等待红衣主教队的进攻。

乔的身体因为难以置信而颤抖起来，他朝着队员咆哮道：“那他妈的是什么，戈迪？”

戈迪转过身来，他知道情况有多糟糕。

瑜伽老师转身走出这个火线即将蔓延的地方。

“他想试试不用夹板就能得到球。”戈迪的声音里透露着恐慌，“他感觉很好。”

“这不是你说了算，戈迪。”乔说。

“我们很好。”瑜伽老师说。

“不，”乔厉声说，“我们不好。”

“他几乎就要完成那个拦截了——”戈迪告诉乔。

“这是怎么回事？他在你的终极梦幻球队里还是怎么？不管他能不能完成拦截，这都不是你应该关心的。你只应该关心一件事：确保这些男人不会受任何可以结束他们职业生涯的伤。”

“我知道。”戈迪看起来快呕吐了。

“那是他的饭碗！”乔说，“如果幸运的话，这些人可以在球场上跑十年！他可是有三个女儿的男人！”

“我知道。”

“你他妈不知道！”乔靠近了他，“不要说你知道！”

瑜伽老师站在了他们中间。

“老兄，放松点儿。”

“你别跟我讲话。”乔大吼道。

“我们还是稳定一下情绪吧。”瑜伽老师轻声说。他的橙色围巾写着“爸爸加油”。

乔用力地推了推那个瑜伽老师。

“见鬼！”戈迪哭了起来。

瑜伽老师退后了一下，差一点儿就要摔倒了，但他很好地稳住了自己。他跳了起来。

乔再次冲上去，把困惑的瑜伽老师摔在草地上。乔缩回拳头准备——

一双大手臂从乔的后面抱住他的腰。

“够了。”是他的朋友凯文，现在他把乔控制在一个拥抱里。

“他们让达盖特不带他的夹板上场。”乔低声说。

“乔，振作点儿！”凯文蛮横地大吼道。

乔回头看了看。

一个惊恐的裁判正跑向戈迪和一脸茫然的瑜伽老师，瑜伽老师的一只脚站在线内了。

凯文走进了乔的视线。“我来处理，你进去吧，进去。”凯文把乔狠狠地朝着通道里一推。

“加油啊，男人们！”一阵声音传来，“加油啊，男人们！”又是一阵起哄的笑声。头顶上，栏杆两边都是这样一群人：大腹便便的，面露痛苦的，梳着绿色埃弗罗头发的，伸着舌头的，在午夜前就酩酊大醉的。“加油啊，男人们！”他们嘲笑着乔。

他回到了通道，刚刚发生的事让他晕头转向。他抬起头，左右摇了摇，上下摇了摇。他靠在冷冷的煤渣砖墙上。

“医生，你需要什么吗？”一个守卫在膝盖上放着一部手机观看球赛。

乔的左边是一扇更衣室的门。他扫描了门卡，走了进去。

饶舌音乐刺耳地响着，那是懒散又咄咄逼人的节奏。这个地方挤满了准备半场休息的工作人员，他们擦着运动自行车，用吸尘器打扫干净的地板，将冰块倒入浴缸，拿走用过的毛巾，在冰箱里塞满了运动饮料。

乔现在太喘了，直觉告诉他向前走。

在远处的角落有另一扇门，门后是新闻发布室。他走向它，打开了门。

那是皮特·卡罗尔的领奖台，贴着海鹰的壁纸，旁边是几排空椅子，其他椅子堆积得很高，看起来摇摇晃晃的。乔关上了身后的门。

此刻房间安静得犹如在坟墓一般。

他取下了夹板。

他取下了夹板。

一直到他无法忍受。

他坐在长椅上，将手捂在眼窝上。

在医学院学习的日子里，两次住院医师的日子里，进修医师的日子里，艺术家妻子，可爱的儿子，慈善之旅：这一切都是一张张幻灯片，是一个面对无穷无尽的生活的解决方案。

乔把手移到前额上，睁开眼睛，怔怔地盯着地毯。

“这不可能像看起来的那么糟糕。”一个带有英国口音的声音说，还有弄响新闻报纸的声音。

乔并不是一个人。

一个乔从来没有见过的男人坐在角落的椅子上，双腿交叉，阅读报纸上的游记。他大概五十岁，短短的黑色头发和小圆眼镜，没戴身份证件，穿着徒步旅行靴，背心下面是一件长白衬衫。

“也许我可以帮忙。”

现在，埃莉诺穿过草坪，太空针塔在她的背后。他们一起经历了这么多事情，他们还将要经历更多的事情。

现在是时候了，神在说。

告诉她吧。

第七章　失去的艺术

乔看起来没有被抓奸的恐慌感，或在完全暴露时的平静。这个事实给我的第一反应是出奇愤怒。

我穿过铁栏杆，急切地穿过在美食广场的咖啡桌旁的人们。当我踏上通往山顶的道路时，这个小坡让我变成了慢跑的姿势。随着每一步前行，我都可以感觉到我的愤怒正在消失。而在这种愤怒之下隐藏的是恐惧。曾经，在艾维自我帮助的阶段中，她宣布世界上没有愤怒的情感，因为愤怒的本质是恐惧。我早就想知道，如果有的话，恐惧的本质是什么。

那时我才明白：如果愤怒是恐惧，恐惧就是爱，一切都归结为恐惧失去你所爱的一切。

我跑向乔，拥抱他，把脸塞进他的夹克里。我呼吸着羊毛和干洗剂的味道，他的身高刚好可以让我把头埋在他的胸前，而这是最好的迷幻药。我把手指放在他的肩胛骨下面，转过脸来让我的鼻子接触到他的肉体。他锁骨下的湿润，使我蹭到他胸毛时有痒痒的感觉。这是乔的气味，这是我的男人。

“嘿！”他说，“你也好。”

阿隆佐走过来，开始介绍自己。

“名字和脸终于对上了。”乔握了握阿隆佐的手，他的手上有一个荧光腕带。

“妈妈和我一整天都在找你。”汀宝甜甜地说，“我们去了你的办公室，她们以为你在度假，然后妈妈把你的车开到那座大桥上，想要找到你。”

“哦。”乔和我目光相遇，立马转向了沥青地板。

“没什么大事情。”我说。

乔抿紧嘴唇，抬头看着我，深呼了一口气。

“我找到了属于自己的信仰。”

“信仰？”我说，这太奇怪了，“宗教？”

“这样啊。”阿隆佐说。

“你说宗教是什么意思？”我问，“信仰壶铃？信仰电台司令乐队？”

“信仰耶稣的宗教。”

“我可以吃零食吗？”汀宝说，他真的不傻。

“我也要去。”阿隆佐补充说，然后把汀宝带走了。

这是乔，我的老公。

“这是我最不能想象的一件事，”他说，“但是我在工作中失去了信仰。”

“好吧……”

“我遇到一个男人，”乔说，“一位牧师，他邀请我去他的教会。”

“你去了吗？”我说。

“我知道。”他不自在地扭动着身体，“我答应了他，而那就是一切开始的地方。”

“发生了什么？”

“我们只是人。”乔说，“大家相聚一堂，这种集体的谦卑让我喘不过气。牧师西蒙开始讲道，这是关于基督进入圣殿的故事，一个我听过几百万次的故事。但西蒙从历史的角度来讲，好像无关，但又很有关系。”

“与你相关？”

“它谈到耶稣作为人的勇气和智慧，我感觉到我的肩上有千斤的重量被抬走，轻轻地放在地上。这种过程是由人的肉体来完成的。我环顾四周，没有什么可以让我脱离人群，光、气味、树木，我们都在充满光环的爱里。”

“所以你度过了糟糕的一天。”我说。

“我体验了上帝的感觉。”

“所以你因此对我说谎？”一股背叛和自怜的情绪在我体内发酵，“你打算什么时候跟我分享这个好消息？”

“我知道。”乔揉着我的手臂说。

我跳开了：“就因为你比我平静，并不意味着你在道德上比我优越。”

“当你听到‘神的计划’那些话语时，你觉得怎么样？”

“我想你和海鹰队员花太多时间交流了。”

“你考虑一下我们生活在一个平静宇宙中的可能性。”

“你考虑一下，这种可能性已经被我考虑过了。”

“真的考虑一下。”他说，“如果宇宙是仁慈的，这一切都会好起来的。我们可以停止尝试，不要为了在捆绑我们的沙袋中打出一条血路而浪费力气了。”

“你能不能承认，现在你所说的话都非常奇怪？”

“我现在说的都不能更有道理了。”乔说，“与其把你的意志强加在一个不可控制的宇宙上，倒不如屈服于耶稣的智慧。”

“请不要再提耶稣了，别人可能以为我们很穷。”

“我非常清楚，成为基督徒是一个人所做的最不酷的事情。”他看着他的手机，“哦！他们需要我，我们要去试音效了。”

“试音效？”

“我们星期六要为教皇唱歌。”

“等等，”我说，“你要做什么？”

“在钥匙球馆为教皇唱歌，这是一个多教派的庆典，我的兄弟姐妹都会参加。”

我得抱着一棵树支撑住自己才不会晕过去：“你现在是认真地把‘我的’和‘兄弟姐妹’这两个词放在一起了吗？”

他给了我一个拥抱：“我很高兴事情就这样发生了，你像往常一样出现了。你看，顺其自然的时候，这些事情都会好的。”

“你觉得这是顺其自然吗？”我想要逃避他让人厌恶的拥抱，

“好了？！”

“我知道现在说的事情有点儿让你难以承受。等我回家，我们会把一切都说开的。”他把手放在运动外套的口袋里，消失在钥匙球馆的台阶下。

他留下我筋疲力尽地站在那里。

“你需要一个腕带才能进场。”钥匙球馆的守卫说。他站在金属探测器和折叠桌旁边，除了他，玻璃门里有更多的守卫。

“我的丈夫有腕带。”我全身血液都在沸腾着，“他刚刚进去。”我非常绝望地想进去，绝望地想让乔远离这些疯狂的人。

“不行。”那个人说。

在他身边有一只德国牧羊犬。哦，它的项圈上刻着几个字：请不要摸我。

一群穿着一样T恤的学生手上拿着巨大的思乐冰饮品上蹿下跳，他们疲惫的老师跟在后面。

“你挡住入口了。”守卫通过防护网对我说，“手机和钥匙放进碗里！”

孩子们聚集在狗身边。

“读读项圈上的字。”守卫说。

“能不能行行好？”我说着被这些因为摄入了许多糖而兴奋不已的小孩推开。

“我丈夫是一名医生，我撞到了我的头。”我撩起我的刘海，露出了我的肿块，“看到了吗？我什么事都干得出来。”

“除了进不到球场里。”

“我看起来像想要炸教皇的女人吗？”

他给了我一个坚定的表情：“这种事我们是不会拿来开玩笑的，女士。”然后，他对着这群学生喊：“手表、首饰都取下来！”他抓住了他的笔记板，转向一位老师。

当他转身的时候，一个霓虹绿色腕带落在了地上。我弯下身，假装系鞋带，捡起了手环，把它藏在手心里，重新站了起来。

我赶到下一个入口处，闪了一下我的手环，顺利进场了。

★

昏暗的荧光灯发出恶心的光芒，工作人员正在升起五颜六色的横幅。在体育场第三层，警察正带着德国牧羊犬一个一个座位排查炸弹。

“一二,一二。”声音系统里传来一个有力的声音。

舞台上，一群欢乐的公会的人举着巨大的泡沫板，他们的头光溜溜的，每只手都举在空中比画着胜利的手势。

在场地的折叠椅上，一群歌手正在等待排练，里面有僧侣、一个非裔美国人合唱团、戴着头巾的锡克人，还有松松散散地在前面组成了三四排的一组，乔就在那里。我从台阶上冲下来，跑到了他身后。

“是这样的。”我说。

乔转身：“你在做什么？”

“我们都想放弃生活。”我说，“你不需要耶稣来做到这一点。看着我，我自己已经放弃了我的生活。”

“这是埃莉诺吗？”前面一排的一个英国人说。他穿着一件白色长袍和一件卡其色背心。

乔介绍了西蒙，他也是海鹰队的牧师。

“你就是给我丈夫洗脑的那个人吗？”

“正是在下！”他说着握住了我的手。

乔说：“西蒙在比赛前后都会带领球队祷告。比赛期间，他也在新闻发布室里。”

“那是一个继续读我的《纽约客》的好时机，”西蒙说，“我有好多要读呢。”他拿起一本，然后转过身去。

“所以你也在从事某种教会的工作？”我问乔。

“不只。”他说，“这是一次巨大的转变。”

这些话没有任何妻子想要听到。

“转变包括我吗？”我恳求地问。无论是什么，我的声音都破碎了，眼里全是泪水。

“当然是了。”乔说着握住我的手，“等我回家了，我们可以好好谈一谈。”他环顾四周，向能听到我们对话的人点点头，好像整个谈话结束了一样。

“你以前是幸福的。”我说，“你现在很幸福。”

“我攻击了一名瑜伽老师。”乔说。

“我相信那一定是他应该受到的惩罚。”我说。

乔皱着眉头，没有说话。

“二十年了。”我说，“你一直告诉我宗教是给躲避现实的人设的，任何受过教育和有智商的人都不可能相信上帝。”

“你听到你话中的傲慢了吗？”乔问。

“这是你的傲慢！”我说，“你是家里的大无神论者。”

“你可以称之为信仰的丧失。”他说，“我失去了对无神论的信仰。”

“我喜欢这个说法，”西蒙沉思道，“非常喜欢。”他拍了一下口袋，寻找他的笔。

“无神论、怀疑主义总是一直在证明自己是正确的。”乔继续说，“那是我曾经让自己麻木下去的舒服方式。”他自豪地补充说，“我相信西蒙知道这里应该引用《圣经》的哪个段落来阐述这种情况。”

“我的手感觉就像两个气球！”西蒙说。

舞台上激情四射。一个爬坡的铲车要过去，工作人员喊着为它让开道路。它放下了一个一米八的箱子，然后在离开之前旋转了几下。电钻尖叫着打开了条板箱。

“巨大的转变究竟意味着什么？”我问乔。

“他会回家再告诉你的！”一个身材魁梧、可以去车管所工作的女人说。

乔点了点头，好像就这样决定了。

“不，”我说，“现在就给我一个解释。”

大家都在看我，黑人、白人，老人、青年，他们看向我的目光仿佛他们的眼睛都需要保湿霜一样。

“好的，”他说，“我在考虑上神学院。”

“哇，重磅炸弹。”那位车管所的女人笑着说。

“没有什么能让我像对耶稣基督一样着迷。”乔说。

“哦，乔，这对我来说太难面对了。”我闭上眼睛，捏着我的鼻梁，“这种感觉就好像在我所认识的人当中，你从最有趣的人突然变成最无聊的人。”

“耶稣是世界历史上最激进的思想家。”他说，“我想学习关于一世纪时巴勒斯坦的一切，关于耶路撒冷的寺庙文化，我想学习灵知派福音书和拿戈玛第经集。”

“不是有这种类型的播客可以听吗？”

“我想系统地接受教育。”他说，“我一直在为我的申请书疯狂工作——”

“等等，”我说，“这就是你过去一周花时间做的事情吗？”

“在星巴克写我的文章。”

“哪一间星巴克？”

“有什么关系吗？”他说，“梅尔罗斯街和松树街交会的那一间。”

“那是一间好的星巴克。”一个谜团解决了，“你桌子上那个看着像间谍一样的东西是用来看什么的？”

“间谍一样的东西？”乔说，“望远镜？看星星。”

“星星？”我说，“什么星星？哦，不用告诉我了，一定是上帝的星星。”

我叹了口气，我所能做的只是惊奇于我在这件事情上错得多离谱。

舞台上，箱子被打开了，里面有什么东西被覆盖在泡沫包装里。一个女人仔细地剥开了多层包装，一张椅子露了出来，那是一个有着绯红色座位和高背的王座。

“这里有很多与教皇有关的东西呢。”我对乔说，“这是不是意味着你又是天主教徒了？”

“不，不，不。”乔说，“你不能是天主教徒。但是他是教皇，你必须出现。”

中心舞台上，一个穿着雷蒙斯 T 恤的工会的人，随着聚光灯的调整，坐在教皇的王座上。

“但耶稣呢？”我问，“为什么你不能信仰一个正常一点儿的宗教，比如佛教？我已经有打坐的垫子了。”

他摇摇头：“只有耶稣，耶稣是我的信仰。”

王座上的工会工人往麦克风里大声说话：“伟大的奥兹[1]发

① 《绿野仙踪》里的人物。

话了！”

工作人员发出了一阵窃笑。

“瑞克，”音响系统里传来了一个声音，“这样不好。”

乔牵过我的手：“你记得我们同意在西雅图为我生活十年，然后在纽约为你生活十年的约定吗？”

“其实，我还记得。”

“十年到了，这就是为什么我申请去哥伦比亚大学。”

“哥伦比亚大学？所以，不管这里发生了什么，我还是要抛下我所有的朋友，立即打包？”

“你又不喜欢你的朋友。”乔说。

“这是另外一个话题。”我说。

“如果你喜欢的话，”他说，“我也可以去斯波坎上学。”

“现在你要我喜欢斯波坎？”

“还有杜克大学，”他平静地说，“芝加哥大学，在苏格兰的圣安德鲁斯大学。”

“你刚刚是不是说了苏格兰？”我跳了起来，“你不能一个人决定搬到苏格兰，不跟我商量！汀宝还在上学，你打算什么时候告诉我？”

“今晚！”一个穿针织衣服的女人说。

“你去了苏格兰，怎么为海鹰队工作？”

“我们需要做出一些决定。”

“你说得对。”

现在乔冷静了下来，假装我们不是那种在公共场合吵架的夫妻。好吧，这个假面已经被扯掉了。

“我正在经历的事情对我来说既新鲜又有趣。”乔说。

“这就是为什么你得放手，你不会成为那种满口耶稣的怪人！你的自尊在哪里？”

“我知道这对你来说会是多么困难。”乔反驳道，“这把我变成骗子，而我不是骗子！”

这句话深深地打中了我。

“埃莉诺？”乔问。

“这就是你今天在餐桌上脸朝下的原因吗？”我说着把身子蜷缩起来，“因为我，因为你不敢告诉我。”

“我也不想事情变成这样。”他的声音变得柔和了，“但是我也不知道该怎么办。”

我们旁边有好多一米八高的棕榈盆栽等着被搬上舞台作为装饰。我拉着乔，向棕榈之间走去，以求一点儿私人空间。

“我知道这是怎么回事了。”我说。

我把手搭在他的肩上。

“这一切，”我说，“都是我的错。”

“错？”

“我才是那个应该站在你背后支持你的人，而不是耶稣。”

“埃莉诺，”乔轻声说，“上帝比你伟大，这才是信仰的重点。”

“我知道你为什么不能依靠我。”我说，“过去，我太摇摆不定了，太六神无主了。现在我知道了，这是因为我还是跨不过巴克和艾维的那个坎。”

“跟他们有什么关系？”他说着从脸上扒开棕榈叶。

“我以为我可以把他们彻底忘记，但是不行，你想知道我的大脑是多么混乱吗？上周收音机里说，俄亥俄州的一列火车脱轨，因为有人把推土机留在铁轨上了。我那时候还真想了想，这是我做的吗？是我在铁轨上留下的推土机吗？”

“你分心了。”乔说，“好吧，这个说法成立。”

“我是很分心，所以你走进了约旦河里都没有注意到！”

“这是我选择的道路，”乔说，“我的斗争。”

“我知道你是这么想的。”我说，“但是，你听我说，因为我们相爱，所以我一直在记录一个感恩列表。”

“你有没有关心过哈勃望远镜的事情？”他说。

“呃，没有。”

“他们最近把它指向了天空中最平淡、最空洞的一片区域，在搜集了几个星期的光线之后，发现了一万个星系，距离十三亿光年那么远。人的思维不能理解这样的事情，反之亦然。我们所认识的最小粒子曾经是一粒沙子，然后是分子，然后是原子，然后是电子，然后是夸克，现在是弦，你知道弦是什么吗？它是一厘米的十亿分之十亿分之十亿分之百万分之一。但是，一直以来，我四处游荡地活着，竟然以为我已经想通了生命是怎么一回事，也知道了生命应该走向何方！在海鹰队的比赛中放飞自我，那种生活对我来说已经结束了。我正在迎接着这个谜一样的新生活，我因这种神秘而感到欣慰不已。”

“好的，好的。”我说，“我觉得我们的话题离感恩列表越来越远了。”

“耶稣基督！”一个声音通过扬声器叫着。

通过人头攒动的绿色十字区，乔的小组上台了，留下了他们的钱包和夹克。一共二十个人，没有一个人往后看，都坚定地走上了台阶。

“如果你上台，”我的沮丧快速演变成恐慌，“那就代表着你放弃了我们的婚姻。”

“埃莉诺……”乔说。

“我一直在忽视你，”我渐渐崩溃了，“我不是故意的，但是我们不能变成那种在各自轨道上平行前进的夫妻。哦，埃莉诺，她把自己锁在衣柜里画画，就连她自己的儿子都说：‘妈妈，你就是这种样子的人。’但是乔，你不用担心他，乔已经有了他的教会朋友。”我眼里的眼泪、鼻子里的鼻涕、口里的口水都在喷发出来。

舞台经理已经安排好了合唱团站上升降台。人们还在喃喃自语，寻找着乔。

“耶稣基督！”一个从舞台上传来的声音说，“我们还少了一个人。”

听到这句话，乔仿佛听到了耶稣本人在呼唤他。他踏过那片植物墙，消失了。

我独自一人，充满了悲伤和困惑。

幽默并没有用。耍小聪明也没有用。流氓、肮脏、见解、自我批评、绝望、威胁，没有一个行得通。这套技巧已经失败了。

这套技巧从来没有失败过。

我坐了下来。

舞台经理把乔安排在了后排右边第二个。

我几乎要为乔得不到重视而愤然起身。诚然，我不知道其他人是谁，但他是乔·华莱士。

我的老公，每天一醒来，他就马上起床、淋浴，穿好整套的衣服，把衬衫塞进裤子里，系上皮带。他从来没有跟出租车司机说完他的故事前下过车。我们仍然睡在一张大床上，因为我们第一晚睡更大的床时他说他感觉离我太远了，所以我们把它退了回去。他用钢笔做星期五和星期六的报纸上的填字游戏。他是我的百科全书，一杯中有多少夸脱[①]？开车到洛杉矶需要多长时间？扎伊尔现在叫什么，还是这个地方现在才改了名字叫扎伊尔呢？更好的是，他能忍受我的废话，而且并不把它当废话。

一对年轻夫妇站在一边，男人在弹吉他，他的妻子开始合唱。

Morning has broken like, the first morning,
Blackbird has spoken like the first bird.

① 容量单位，主要在英国、美国及爱尔兰使用。

当乔开始唱歌时，他脸上的神情开始变得肃穆。合唱团男生乔，归了队……

Praise for the singing, praise for the morning,

Praise for them springing fresh from the world.

横梁上的人调整了灯光，一束聚光灯打到了合唱团身上。

那还是八月的一天，在维奥莉特和大卫家的草坪上，浅黄色的沙子仿佛海洋，乔穿着海军西装，系着黄色领带，翻领上有雪白的栀子花。那天，当艾维站在我身边，我直视着乔的眼睛，说出了我的结婚誓言，是帮助乔成为更好的自己。

那时候的乔就是他最好的样子，我亲眼见证了一切。我一直以为，他成为更好的人的过程中会与我有关。

Sweet the rain's new fall, sunlit from heaven,

Like the first dewfall on the first grass.

也许是因为这里有太多的光，也许是因为乔闭上了眼睛，也许是因为他绽开的微笑，也许是因为乔真的能飞得比我更高，他的头顶仿佛流过一条圣光般的河流。河流由爱组成，而乔随时可以跳进去，不管有或没有我。

Praise for the sweetness, of the wet garden,
Sprung in completeness where his feet pass.

我的眼里噙满了泪水，我的肺像蝴蝶翅膀一样扇动，一颗种子已经在我体内播种。黑暗中，它快速地成长，像蛇的毒液，我体内充满了邪恶。我不得不移开眼神。

在我旁边的空椅子上，我折叠的《臭鼬时刻》从我的挎包里突然冒出来。

a mother skunk with her column of kittens
swills the garbage pail.
She jabs her wedge-head in a cup
of sour cream, drops her ostrich tail,
and will not scare.

我抬起头，合唱团已经转换了队形，乔被其他人挡住了。

Mine is the sunlight, mine is the morning,
Born of the one light Eden saw play.

也许那个穿着紫色衬衣的非裔美国女人在九岁的时候，母亲死于肺癌；也许那个和迈克尔·兰登[1]一样头发的男人的妹妹出乎意料地背叛了他；也许那个西蒙的父亲是个醉汉，抛下了西蒙兄弟，他们只能为自己奋斗，永远也不知道他什么时候回家，或者他会不会回家。

乔呢？我们一起抚养一个孩子。

Praise with elation, praise every morning,

God's re-creation of the new day.

乔，不会被吓倒。

“你怎么敢这么做！”我尖叫着冲过了椅子，撞翻了咖啡，挎包在地板上翻滚。

“这不公平！”我说，“你可以因为另一个女人离开我，但是不要因为基督而离开我！”

我摔在了台阶上，爬着走上台。整个合唱团，包括舞台工作人员、挂在绳子梯的那个人和拿着泡沫板的人，都在原地惊呆了。

“我接受了婚约的那个男人在哪里？”我说着站了起来，“我嫁给了一个外科医生，他为自己着想，是个无所不知的男人！我嫁的是乔，他是一头狮子。我嫁的不是一个娘娘腔，只想寻找安慰的小

① 美国演员、作家、导演和制片人。

男孩！”

当我控诉乔的罪状时，我听到对讲机里传来的尖叫声。

我转过身去，看到了我的老朋友——那位守卫人员，还有那些字：请不要摸我。

在那条狗扑上我的前臂之前，我心里想着，一只德国牧羊犬在空中飞舞，这还真是生活里很少见的场景呢。

我睁开眼睛。

我正在乔的一间检查室里，躺在一个有垫子的斜躺椅上。我的旁边是一张蓝色的纸，我的左臂戳穿了这张纸。乔一般都这么处理没有进行麻醉的病人，这样他们就不会在手术的过程中往那边看，然后被吓一跳。

我昏昏沉沉的，是止痛药在起作用吗？

我觉得我的脸很痛，我用我那只自由的手打开抽屉，一直摸索着找到了一面镜子。我的下颌上有一排整齐的缝线。不会留下疤痕的，乔是这个行业里最好的缝合专家。

“你醒了吗？”汀宝坐在角落里，在一本螺旋装订的笔记本上涂画着。

“嘿，亲爱的。”我缩了一下，下巴跟木头一样僵硬，每个小动作都让我像被尖刺刺了一样疼痛。

“爸爸说，那条狗咬住了你的下巴！”

一个声音从走廊传来：“让我进去说一声再见。”

阿隆佐出现了，后面跟着一个漂亮的金发碧眼女郎，穿着淡粉色的羊绒，背着一个带有金色链条的黑色挎包。阿隆佐向我们介绍了他的妻子——海莉。

“今天谢谢你。”阿隆佐对我说。

我们所能做的只是看着对方的眼睛微笑。我们只是彼此欣赏，而且一直都彼此欣赏。在我们第一节诗歌课上，我们对着罗伯特·弗罗斯特[①]的《摘苹果之后》大哭起来。女服务员跑来问：“你们两个是刚刚订婚了吗？”

“开罐器和锤子哪里相似？”

阿隆佐伸进口袋：“是时候删掉这个 app 了。”

“唉，呃！”汀宝失望地说。

“它们都是工具，”海莉说，“而且都有把手。”她调皮地吹了吹手指，假装手枪上冒出了烟，然后把它塞进想象的皮套里。

“今天早上，”我对阿隆佐说，“我很抱歉称你‘我的诗人’。”

“没关系，”他说，“但是我不高兴的是被叫去结早餐的账，还有礼品篮的账，而且你没有付我本应该付的五十美元。”

“还有中心大楼的软糖。”汀宝补充说。

“都是我不好。”我说，“我的挎包在旁边吗？”

“过去的就让它过去吧。”阿隆佐说。

乔现在在门口：“嘿，宝贝。”他说着吻了我的额头，然后转向

① 美国诗人。

阿隆佐和海莉，“我送你们出去吧，几个小时以后她就会变得比现在麻烦多了。”

“下周再见。”阿隆佐说。

“《在渔屋》。”我说。

“我们换另一首不一样的伊丽莎白·毕肖普的诗，”他说，“这首诗叫作《一种艺术》。”

“《一种艺术》，我总觉得这是对我的起诉。”

“恰恰相反。”他说。

“是对海莉？”我说，“我爱这个家伙。”

“每个人都爱她。”她微笑着，然后他们离开了。

这里只剩下我和汀宝。

“看，妈妈，我画了你。”

“哦，宝贝，”我说，“我不想成为生气的妈妈。”

“那就不要生气。”

“没有你说的那么简单。”我说。

他耸耸肩，意思是你爱怎么说就怎么说吧。

乔回来了，向我大步走来。

“你，华莱士夫人，下次被雕塑砸到、失去意识时，应该通知我。”

“我告诉他了。”汀宝一脸皱巴巴地说。

乔从屏幕上撕下纸。

我的前臂布满了穿刺的伤口和撕裂的皮肤，整个手臂都红通通地肿胀着，涂满了黏糊糊的药膏。

“哎呀妈呀！”我说。

“没有骨折或骨裂。”乔说，“我们要留七十二小时观察，以确保没有感染。”他戴上他的阅读眼镜，靠近我，“我们可能要密切观察。”

“乔，”我说，“你觉得我是一个恶毒的人吗？”

“你不是一个恶毒的人，”他立刻说，但是马上停下来，“你是一个非常好的人，完全不一样。”

“看，”我说，“我需要你告诉我，你是我们俩中有用的那个旅行者，不要对我满口说着耶稣的胡话。”

“那我可以要你承担一点点耶稣的事情吗？”

“什么是一点点耶稣的事情？”汀宝说。

“那是没有什么不能解决的事情。”乔对我说，“真的。”

“我知道。”

我们笑了。乔起身，把蓝纸塞进了垃圾桶。“你知道吗，”他说，“托马斯·杰斐逊[①]作为一名大师，称《新约》是‘提供给人类的最为崇高和仁慈的道德准则’。”

“那就是一点点耶稣的事情。”我转向汀宝说。

“但是，”乔继续说，“就算是他，也得面对自己内心的矛盾。所以听着，他拿着一把剃刀，走向四个传福音者，把奇迹、神秘主义和其他有的没的切下来，然后将这些有意思的部分粘贴成一个连贯的故事。”

---

① 美国的开国元勋、第三任总统。

by: Timby Wallace
Age: 8
Mommy

Timmy Wallace
Mad Mommy
Age: 8

“他对《圣经》做了一个手术。”我说。

“这下你懂了！”乔说。

然后我注意到了墙上。

那是我在我们第二次约会时画的，我已经忘记了，但乔还留着，而且把它用画框裱了起来。

乔对我来说还是如此神秘，一股刺激的感觉从我肚子里升了起来。这位水牛城的严肃医学生可以成为我生命的唯一吗？他什么都好，就是太善良、单纯了。

我们在检查室里第一次相遇的二十年后，我们又回到了检查室。现在我们是三个人了，是我的小家庭。

“我想我可以做到，”我说，“我们搬家吧。”

乔转过身来。

“我可以住在纽约、芝加哥、苏格兰，都没关系。”

“我们要搬家了？”汀宝问。

“就算是斯波坎，”我说，“这也是一场冒险，会是很差劲的冒险，但我们老了。”

“妈妈和我需要认真讨论一下搬家的事。”乔对汀宝说。

“西雅图没有什么让我留恋的。”我说，“我可以在任何地方画画，或者对世界造成伤害。”

“我要搬到苏格兰！”汀宝说。

“你真是一个充满惊喜的人。”乔对我说。

MEYER
MANIA

“我可以看到你话里的智慧。”我一边说，一边思考，“如果你真的相信你的公交车有一个仁慈的司机，而且你确定他正在带你去某个好地方，你可以安顿下来，欣赏沿途的旅程。”

“你让我听起来像悠悠似的，”乔说，“但是我还是要收下你的赞美。”

一瞬间，我的眼睛睁大了。汀宝也睁大了眼睛，大口喘着气。

“哦，妈妈！”

乔走过空旷的停车场。这是一个没有月亮的夜晚，只有波浪打在艾略特湾上的声音回响着。在这沉重声音的后面，细细的浅蓝色线条的光追溯到奥运山脉的顶端。太阳在另一边马上就要升起来了。

他停下来，等待。山脉即将隐没在黑暗里，见证到这一刻是多么难得，又多么惊奇。

然后乔看见了它。在灯光外面，它乖巧地坐着。

“真是个好男孩。”乔说。

悠悠还挂在停车架上，在沥青地上晃着自己的尾巴。看到一张熟悉的面孔，它站起来，开始摇自己的尾巴。随着乔越来越近，悠悠开始激动得上蹿下跳。它总是很高兴，但没有因为有人来了而如此惊讶。

我用我好的那一只手把艺术书堆放在了一边。木地板非常光滑，哪怕把这座用书堆起来的高塔滑到另一边都不会掉下来。在它们后面是一个异常狭窄的衣柜，像我的小工作区里的其他部分一样，衣柜里塞得满满当当。我挖出了一堆废物，一箱我以为我喜欢然后又不喜欢了的绘画亚麻布，还有满是灰尘、被晒得褪色了的冥想垫，纠缠不清的电话线和古老打印机的电线，一堆西尔斯百货的圣诞礼物愿望目录（原来它们在这里）。这里大概堆了我四十年来的收藏，都是我精心搜集的。这个白色的皮箱是乔的母亲的宝贝。手电筒来自第四十八届超级碗。椰子汁也是很久以前的。在衣柜最深的地方藏着的是一个皱巴巴的在尼曼百货买的包。

《弗拉德女孩》，我把这本皮革封面的书放在我的绘图板上，然后打开了灯。我翻开封面的时候，最后一张纸掉了下来。

妈妈和马修。每一张画上，她都像一个不同的人，我应该多回忆一下，以免记忆更加模糊和朦胧。艾维，我原本的意图是让她闪闪发光的，我在和小芹菜的那张图里，终于抓准了她的神韵。第二页的背景是我从一本睡前故事集中复印来的，上面是艾维亲手画的蜡笔涂鸦，画的是妈妈绣的一个摇椅枕头，它已经被一个悲伤的、一心想复仇的九岁的我扔掉了。

★

我没有打算告诉汀宝有关艾维的事。当他两岁的时候，我正在经历一场特别痛苦的失眠，被另一次胆怯弄得情绪不安（这个叫荣格[①]的人，对我来说一点儿帮助都没有）。乔和我在子午线公园里推着秋千上的汀宝。我问乔，他是否讨厌艾维和巴克。他说："这种情况跟讨厌响尾蛇是一个道理。你不讨厌响尾蛇，但是你不想碰到它们。"

当乔在阿斯彭82号高速公路上说他受够了艾维的时候，他是认真的。我真的怀疑他是不是从那以后常常会想到她。有一件事我会反对乔，那就是他期望我也能跟他一样逃脱出来。乔可以跟艾维做个了结，而我永远不会与艾维做了结，因为她是我的妹妹。

那张是阿斯彭地图！花了我一个月的时间才画完的该死的东西。我们曾经喜欢理查德·斯凯瑞[②]和星期天家庭马戏团。我们生日的时候，马修会组织寻宝游戏，那是他唯一允许我们进入那位女士的大房间里的时候（一年的其余时间，他把绿色邮票贴在前门和后门上，告诉我们，他写下了序列号，所以我们不能偷偷溜进去）。那些生日寻宝游戏让我和艾维终于可以看清房子里的样子，简直是一个又一个奇迹。

还有那只熊，那是一只很棒的熊。

---

① 瑞士心理学家。

② 美国极负盛名的儿童畅销书作家。

“妈妈！”汀宝叫，“过来！”

我合上了剪贴簿，那里有着我混乱的过去。每一页的美好都是由那个过去的我所画出来的。弗拉德女孩，魔咒不再起效。

汀宝在镜子旁他的脚凳上等着我递给他牙刷。

“看看！”汀宝说着打开了一本 *Archie Double Digest*。

我不知道我应该看什么。

“最后一行！”汀宝挺不耐烦地说。

在画面里，阿奇和茶壶头刚刚被韦瑟比先生发现他们在偷偷进行的事情，阿奇转向茶壶头说：“抓住耙子。”

“这是阿奇历史上第一次说话没有用感叹号结束！”他说。

我的小儿子真聪明、真可爱。

“你总是比我领先一步，是吧？”

我用我的好手握住了我的牙刷。“给我一点儿那个。”汀宝在我的牙刷上挤了牙膏。

我们开始一起刷牙。

过了一会儿，我停了下来。

我放下牙刷，转向汀宝。

“我有一个妹妹，”我说，“她的名字是艾维，比我小四岁，与她的丈夫和两个孩子住在新奥尔良。这意味着你有一个从未见过的小姨、一个从未见过的姨夫和两个你从未见过的表亲。”

汀宝放下手，把牙刷留在他满是泡沫的嘴里，然后在镜子里研究了一下我的神色。

现在要讲困难的部分了。

“虽然是这样，他们也不了解我们的家庭，”我说，“他们并不喜欢我们。”

汀宝拔出牙刷，把泡沫吐进水槽，抬头看着我。

“他们只是还没认识我而已。”

今天，一切将会不一样。今天，我将活在当下。今天，我会认真聆听每个和我交谈的人说的话，并直视他们的双眼。今天，我会跟汀宝玩桌游，会向乔求欢。今天，我会为我的容貌而骄傲。我会洗个澡，穿上正式的衣服。今天，我会换上瑜伽服，去上瑜伽课。今天，我不说脏话，不会谈及金钱。今天，我会更平易近人一些。今天，我要保持开放的心态。今天，我不会吃糖，开始背诵《一种艺术》。今天，我会开始试着给我和汀宝买看教皇的门票。我会问问有关苏格兰的事情。我会清理好我的车。今天，我会尽我最大的努力，做最好的自己。今天，一切将会不一样。

图书在版编目（CIP）数据

今天将会不一样 /（美）玛利亚·森普尔著；傅仪嘉译. —北京：中国友谊出版公司，2018.9

书名原文: Today will be different

ISBN 978-7-5057-4460-8

Ⅰ. ①今… Ⅱ. ①玛… ②傅… Ⅲ. ①长篇小说—美国—现代 Ⅳ. ①I712.45

中国版本图书馆CIP数据核字（2018）第174871号

著作权合同登记号 图字：01-2018-6125

书名 今天将会不一样
著者 ［美］玛利亚·森普尔
译者 傅仪嘉
出版 中国友谊出版公司
发行 中国友谊出版公司
经销 新华书店
印刷 天津旭丰源印刷有限公司
规格 880 × 1230毫米 32开
9印张 183千字
版次 2019年3月第1版
印次 2019年3月第1次印刷
书号 ISBN 978-7-5057-4460-8
定价 48.00元
地址 北京市朝阳区西坝河南里17号楼
邮编 100028
电话 （010）64678009

如发现图书质量问题，可联系调换。质量投诉电话：010-82069336

大魚讀品

A BOOK MUST BE THE AXE FOR THE FROZEN SEA INSIDE US

所谓书，必须是砍向我们内心冰封大海的斧头

—

卡夫卡

KAFKA

RACHEL JOYCE

THE UNLIKELY PILGRIMAGE OF HAROLD FRY

一个人的朝圣

[英] 蕾秋 · 乔伊斯 著 黄妙瑜 译

欧洲首席畅销小说，热销 5 年不衰，入围 2012 年布克文学奖。全球销量过 4,000,000 册，简体中文版销量过 1,500,000 册。

这一年，我们都需要他安静而勇敢的陪伴。

一个人的朝圣（精装版）

[英] 蕾秋 · 乔伊斯 著 黄妙瑜 译

80 万册精装纪念版，收录作者长篇专访、原版木刻插画、作者给中国读者的信，赠英文别册。

献给每一次对生活的胜利，对悲伤的疗愈，对爱的唤回。

THE LOVE SONG OF MISS QUEENIE HENNESSY

一个人的朝圣 2：奎妮的情歌

[英] 蕾秋 · 乔伊斯 著 袁田 译

布克奖入围作品《一个人的朝圣》相伴之作。

献给每一次对生命微小瞬间的朴素歌唱，对自我的照见，对爱的唤回。

RACHEL JOYCE

PERFECT

时间停止的那一天

[英] 蕾秋·乔伊斯 著 焦晓菊 译

触动万千读者的全球热销书
《一个人的朝圣》作者口碑新作。
别害怕失去生活的勇气，因为它一刻也未曾离开过我们。

THE MUSIC SHOP

奇迹唱片行

[英] 蕾秋·乔伊斯 著 刘晓桦 译

全球热销 5,000,000 册、感动 38 国的口碑之书
《一个人的朝圣》作者蕾秋·乔伊斯沉淀三年重磅新作
你所有的烦恼忧愁，都能在这家唱片行得到倾听和治愈。

TATIANA DE ROSNAY

SARAH'S KEY

莎拉的钥匙

[法] 塔季雅娜·德·罗斯奈 著 余小山 译

连续156周盘踞《纽约时报》畅销榜
平均每年销量100万册，持续畅销11年！
一个女人和一个小女孩，跨越60年的生命相连，
触动你心灵的一生之书

FREDRIK BACKMAN

EN MAN SOM HETER OVE

一个叫欧维的男人决定去死

[瑞典] 弗雷德里克 · 巴克曼 著　宁蒙 译

畅销 44 国，全球销量超过 730 万册。
第 89 届奥斯卡最佳外语片提名电影同名原著。
来，认识一下这个内心柔软、充满恒久爱意的男人。

BJÖRNSTAD

熊镇

[瑞典] 弗雷德里克 · 巴克曼 著　郭腾坚 译

全球热销1300万册的瑞典小说之王
弗雷德里克 · 巴克曼
《一个叫欧维的男人决定去死》《外婆的道歉信》《清单人生》之后超越式里程碑新作

读第一遍，有100处细节征服你；读第二遍，又有100处

我们守护什么，我们就成为什么

AND EVERY MORNING THE WAY HOME GETS LONGER AND LONGER

长长的回家路（中英双语版）

[瑞典] 弗雷德里克 · 巴克曼 著　余小山 译

瑞典小说之神巴克曼口碑绝佳私小说
车银优一口气读了三遍的人生之书
男孩和祖父、父亲和儿子之间缓慢的告别和无尽的爱

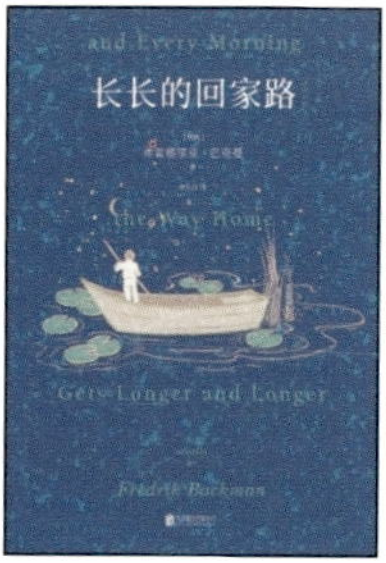

DANIEL WALLACE

BIG FISH

大鱼

[美] 丹尼尔·华莱士 著　宁蒙 译

出版 20 周年修订典藏版，
豆瓣电影总榜 TOP100 口碑神作原著！
精彩程度不输电影！

不要相信所谓真的，相信你所爱的。

MATT HAIG

HOW TO STOP TIME

时光边缘的男人

[英] 马特·海格 著　侯茜 译

2017 英国读者与书店联名票选最爱小说。
“卷福”本尼迪克特·康伯巴奇出版前夕火速抢下电影版权，亲自主演、制作。

我写下这个故事，
是希望能让人们感觉不那么孤单。

THE HUMANS

我遇见了人类

[英] 马特·海格 著　李亚萍 译

英国文坛公认超会讲故事的当红小说家！
《别相信任何人》作者盛赞！
《卫报》直言此书将整个人类送上了靶场！

如果能让一颗心免于破碎，我就不算虚度此生。

ANTOINE DE SAINT-EXUPÉRY

LE PETIT PRINCE

小王子（中法双语版）

[法] 安托万 · 德 · 圣埃克苏佩里 著　胡博乔 译　卤猫 绘

留在地球上的小王子
卤猫倾心绘制 30 幅插画
翻译家胡博乔原汁原味译自 1946 年法国首版
献给小王子诞生 75 周年

JÚLIA SARDÀ

ALICE IN WONDERLAND

爱丽丝漫游奇境（中英双语版）

[英] 刘易斯 · 卡罗尔 著
[西班牙] 茱莉亚 · 桑卓 绘 里所 译
一本真正适合成年人的爱丽丝。
每个女人都曾经是爱丽丝。

WENDELIN VAN DRAANEN

FLIPPED

怦然心动（中英双语版） [美] 文德琳·范·德拉安南 著 陈常歌 译

豆瓣130万读者共同认可，
电影原著双语纪念版。
斯人若彩虹，遇上方知有。
韩寒、卢思浩、《中国成语大会》嘉宾郦波教授推荐电影原著小说。

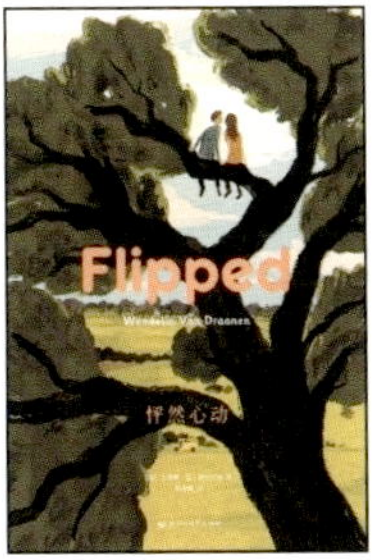

GUNVOR RASMUSSEN

MONSTERBOKA EVENTYRBOKA

怪物书 精灵书

[挪威] 龚沃儿·拉斯姆森 绘著 宁蒙 译

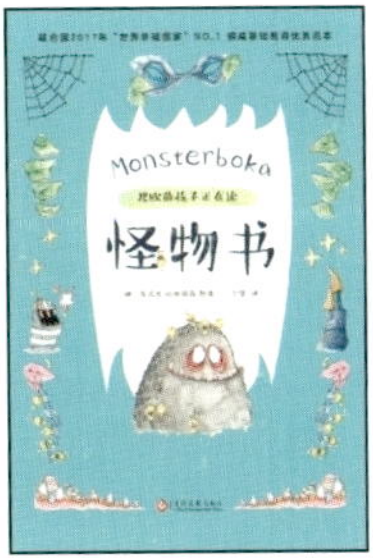

北欧童话之乡作家、画家、作曲家、心理学家等20位想象力大师献给孩子的礼物。让想象力醒来，让快乐爆表，在笑到岔气中增长智慧，学会爱与温柔。

JÓN KALMAN STEFÁNSSON

HARMUR ENGLANNA

天使的忧伤

[冰岛] 约恩 · 卡尔曼 · 斯特凡松 著 李静滢 译

冰岛桂冠级小说家 ‖ 诺贝尔文学奖实力候选！
英、法、西、德、冰、丹、挪等权威媒体盛赞本书“天堂般美妙”“每一段都像诗”“不可替代的光芒”“美的奇迹”
无尽的风雪、海浪群山，一个男孩和一个邮差的奇异之旅。

HIMNARÍKÍ OG HELVÍTI

没有你，什么都不甜蜜

[冰岛] 约恩 · 卡尔曼 · 斯特凡松 著 李静滢 译

冰岛值得阅读的桂冠级诗人小说家，入围 2017 年布克文学奖。
一场大风雪，一个男孩的三天三夜，那个古老迷人的冰岛世界。

MARTHA HALL KELLY

LILAC GIRLS

失去名字的女孩

[美] 玛莎·霍尔·凯莉 著 高心悦 译

守护好心中小小的火种，它将伴你度过艰难时刻。
美国豆瓣13万读者评分4星半，出版两年仍位居美国亚马逊总榜第646位。

根据真人真事改编，它让你相信，即使在极端绝境，人依然可以战胜恐惧，依然可以拥有纯净美好的友谊。

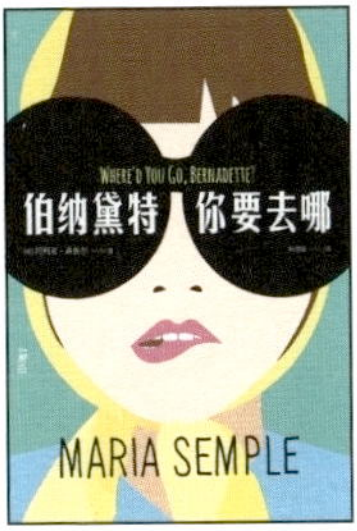

WHERE'D YOU GO, BERNADETTE

伯纳黛特,你要去哪

[美] 玛利亚·森普尔 著 何雨珈 译

“大魔王”凯特·布兰切特被小说折服，主演同名电影

席卷46国，全球销量超过700万册！

蝉联《纽约时报》畅销榜、美国国家公共电台畅销榜

长达88周Goodreads 超过30万读者打出满分好评，

136家媒体“年度图书”推选！

TODAY WILL BE DIFFERENT

今天将会不一样

[美] 玛利亚·森普尔 著 傅仪嘉 译

《伯纳黛特，你要去哪》 作者肆意天才新作

出版即被朱莉娅·罗伯茨抢下影视版权并亲自出演女主！

《卫报》年度图书 《华盛顿时报》杰出图书 美国国家公共电台年度图书

美国亚马逊 《纽约时报》《柯克斯书评》《美国娱乐周刊》“不可不读的100本书”

NICOLA YOON

EVERYTHING, EVERYTHING

你是我一切的一切

[美] 妮古拉 · 尹 著　王思宁 译

连续盘踞《纽约时报》排行榜 53 周！全球售出 41 国版权！
Goodreads 超 15 万人五星盛赞！
因为这本书，全球 7,000,000 读者
重温了希望、梦想和爱情。
你那么好、那么好，爱上你，是我这一生至美的冒险。

ANTOINE PAJE

ET ELLE ME PARLA D'UN ÉRABLE, DU SOURIRE DE L'EAU ET DE L'ÉTERNITÉ

她跟我聊到枫树、水的微笑以及永恒

[法] 安东尼 · 帕耶 著　高原 译

一年有 525600 分钟，有哪些分钟你真正地活过？

法国版《遇见未知的自己》
一本带领你从困顿走向澄明的诗意之书
有多少岔路，就有多少转机。

ET IL ME PARLA DE CERISIERS, DE POUSSIÈRES ET D'UNE MONTAGNE

他跟我聊到樱桃树、灰尘以及一座山

[法] 安东尼 · 帕耶 著　高原 译

法国备受瞩目的心灵小说作家黑马处女作。
我不再害怕，我大步向前，我好好生活。

ROLAND MERULLO

BREAKFAST WITH BUDDHA

与佛陀一起吃早餐

[美] 罗兰·梅鲁洛 著 袁田 译

以阳光般的治愈力及启发性席卷全美和欧洲。
与《禅与摩托车维修艺术》并称为美国 10 年来
深刻而重要的心灵小说双雄。
如果购物 / 吃 / 结婚 / 放假也无法令你真正快乐，请读本书。

GARTH STEIN

A SUDDEN LIGHT

穿过森林的男孩

[美] 加思·斯坦 著 袁田 译

全球热销 4,000,000 册，感动 35 国的超级畅销书。
《我在雨中等你》作者暌违 6 年重磅新作。
爱不是握着拳，而是松开手。

PASCAL RUTER

BARRACUDA FOR EVER

爷爷一定要离婚

[法] 帕斯卡·鲁特 著 黄可 译

一经出版即空降欧洲 28 国文学榜单的奇迹之书。
我的爷爷 85 岁，他是一个退役拳击手，刚和奶奶离了婚。
生命中最重要的东西并不复杂，
只不过是和你爱的那些人好好度过时光而已。

JONAS GARDELL

TORKA ALDRIG TÅRAR UTAN HANDSKAR

戴上手套擦泪（三部曲）

[瑞典] 乔纳斯 · 嘉德尔 著 郭腾坚 译

头脑可以接受劝告，心却不能。
北欧版《霍乱时期的爱情》，**瑞典每 8 人手中就有 1 人观看并为之落泪。**
作者因此书获年度风云人物，瑞典王储亲自颁奖！
同名影集击败《权力的游戏》荣膺欧洲电视大奖，豆瓣 9.0 高分！

MILENA BUSQUETS

TAMBIÉN ESTO PASARÁ

这也会过去

[西班牙] 米莲娜 · 布斯克茨 著 罗秀 译

2016 年全球文学事件，触动千万人心。
我恐惧你的离开，内心的一部分将变为空洞，然而生活即是不停的告别，我们由此得以顿悟和成长。

DORIT RABINYAN

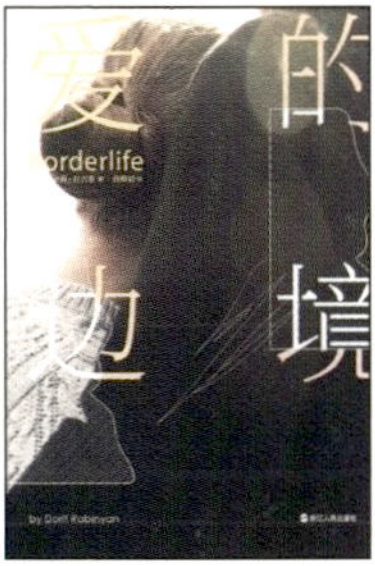

ההיה רדגיח רדג

爱的边境

[以色列] 朵莉·拉宾雅 著　杨柳靖 译

爱情没学过地理，所以不识边境。
伯恩斯坦奖等 10 项大奖加冕，20 余国版权售出，全球超过 260 家媒体争相报道 。
宁愿冒着生命危险，也要展示爱的微小与伟大。

SHELLY KING

THE MOMENT OF EVERYTHING

二手书店情书

[美] 谢利·金 著　苏涛 译

没有不可治愈的伤痛，没有不能结束的沉沦，
在这家二手书店，**所有失去的都会以另一种方式归来。**

MIRA BARTOK

THE WONDERLING

狐狸男孩

[美] 米拉·巴尔托克 著　王岑卉 译

仅凭剧情大纲，即在出版前以百万美金售出电影版权！
即将被《朗读者》《时时刻刻》导演
史蒂芬·戴德利搬上大银幕！
被《卫报》《出版周刊》誉为“现代狄更斯”的纸上奇迹，不会让你失望哪怕一秒钟！
他能洞悉世间万物的秘密，却找不到爱他的人。

武志红

WHY FAMILY HURTS

为何家会伤人（百万畅销纪念版）

武志红 著

知名心理学家武志红
从业 25 年来公认口碑代表作！

1,000,000 册畅销纪念版，
中国家庭问题第一书！

家是港湾，爱是退路。

CHARLOTTE SLEIGH

PAPER ZOO:500 YEARS OF ANIMALS IN ART

纸上动物园：大英图书馆 500 年动物图志

世界文明的诺亚方舟，荡气回肠的自然史诗！
穷尽大英图书馆馆藏，从 1.5 亿件手稿、印刷品、珍本书中甄选出 350 帧稀有画作！
自然艺术奇书，视觉上的一次豪餐盛宴！

NICHOLAS D. KRISTOF & SHERYL WUDUNN

HALF THE SKY

天空的另一半

[美] 尼可拉斯 · D . 克里斯多夫 雪莉 · 邓恩 著
吴茵茵 译

每一个地球公民的必读书。——比尔 • 盖茨
普利策新闻奖得主讲述女性的绝望与希望。

A PATH APPEARS

走的人多了，就有了路

[美] 尼可拉斯 · D . 克里斯多夫 雪莉 · 邓恩 著
张孝铎 译

普利策新闻奖得主、美国畅销书《天空的另一半》作者重磅新作。
讲述微小个人也能让世界变得更好。
帮助他人所带来的力量，最终也能帮助我们自己。

ROBYN DAVIDSON

TRACKS

我独自穿越沙漠，领略了安全感和自由

[澳] 罗宾 · 戴维森 著 袁田 译

一个女人 9 个月穿越 2700 公里沙漠的史诗般旅程。
“我要剥除所有的社会支撑，不要被保护，学着依赖大地，学会尘土飞扬地玩耍和响亮地放屁。”

ELEANOR ROOSEVELT

YOU LEARN BY LIVING: ELEVEN KEYS FOR A MORE FULFILLING LIFE

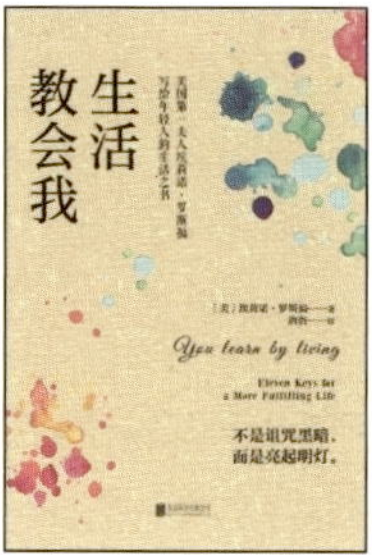

生活教会我

[美] 埃莉诺 · 罗斯福 著　唐磬 译

美国前第一夫人埃莉诺 · 罗斯福写给年轻人的生活之书
恐惧、时间、女性、教育、独立、内心建设、自我实现，字字质朴，句句有声，影响五代美国年轻人。

CLARE CONVILLE & LIZ HOGGARD & SARAH-JANE LOVETT

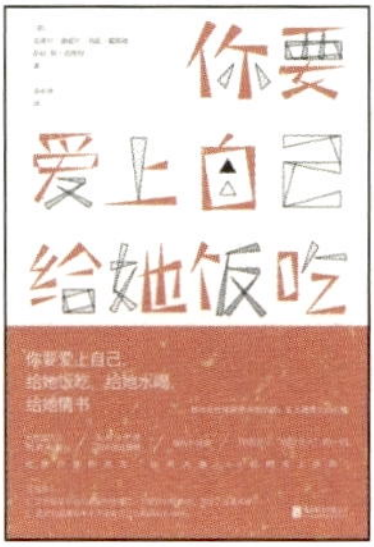

THE BOOK FOR DANGEROUS WOMEN

你要爱上自己，给她饭吃，给她水喝，给她情书

[英] 克莱尔 · 康威尔　萨拉 · 简 · 洛维特　利兹 · 霍格德 著
李亚萍 译

伦敦白领称其为“比男人强 100 倍的床上伴侣”。

CHERYL STRAYED

WILD

走出荒野

[美] 谢丽尔·斯特雷德 著
靳婷婷 张怀强 译

连续 126 周盘踞《纽约时报》畅销榜！
仅美国就卖出 300 万册！
罕见地横扫 17 项年度图书大奖！版权售出 40 国！
每个人的生命中，都有一片荒野，
需要你自己探出一条路来。

MARY -LOUISE PARKER

DEAR MR. YOU

亲爱的你

[美] 玛丽 - 露易丝·帕克 著
陆茉妍 译

出演《天使在美国》《单身毒妈》，
艾美奖、金球奖得主——
玛丽 - 露易丝·帕克首部散文作品。
感谢生命中的他们，让你成为闪闪发亮的你。

CRAIG CHILDS

THE ANIMAL DIALOGUES

遇见动物的时刻

[美] 克雷格·查尔兹 著 韩玲 译

2008 年盖伦·洛威尔探险艺术奖。2008 年、2013 年西格德·奥尔森自然写作奖。
博物学家、冒险家、美国当代最优秀的自然主义作家之一克雷格·查尔兹代表作。
给每一个热爱动物的孩子和大人。

KRISTIN KIMBALL

THE DIRTY LIFE

耕种 食物 爱情

[美] 克里斯汀 · 金博尔 著 姜佳颖 译

诗意生活的典范、美国极具影响力的
田园生活家克里斯汀 · 金博尔畅销代表作。

“我想要一个家，有一间房子，有青草的气味，有晾在绳子上的床单，有一个在喷洒的水中跑过的孩子。”

大山旬 & 玄长 NAOKO

365日をおしゃれに楽しむ男のワードローブ

日剧男友穿搭圣经

[日] 大山旬 著 金磊 译

365 REAL CLOSET

日剧女主穿搭圣经

[日] 玄长 NAOKO 著 伍佳妮 译

改变亚洲人生活方式的365天穿搭圣经

97%实用度！

衣服是你最重要的人设，
你的穿搭是一切美好生活的开始

VIVIAN MAIER: STREET PHOTOGRAPHER

我是这个世界的间谍：薇薇安·迈尔街拍精选摄影集

VIVIAN MAIER: SELF-PORTRAITS

我与这个世界的距离：薇薇安·迈尔自拍精选摄影集

[美] 薇薇安·迈尔 摄　约翰·马卢夫 编

“她用孤独隐秘的一生，服事了影像的光辉与不朽。”

街头摄影界的梵·高　传奇保姆摄影师薇薇安·迈尔
隐没 60 年作品　精装、大开本首度原版呈现。

“这些是她最棒的一些照片，也许也是她留下的作品中最有启发性的了。”——《洛杉矶时报》

大魚讀品
big fish studio
磨铁图书旗下品牌

出 品 人 | 沈浩波　　主　编 | 冯倩
产品经理 | 魏凡　万巨红　简秋生　任菲
营销编辑 | 张婉希　金颖　黄筱萌　张睿珺
书目设计 | 付诗意　沐希设计

微 信 号 | 大鱼读品 BigFish　　微 博 号 | 大鱼读品 BigFish
豆瓣小站 | https://site.douban.com/249541/　　联系邮箱 | bigfishbooks@163.com
地　　址 | 北京市西城区德外大街 83 号德胜国际中心 B 座 10 层